시실리 폰 클로드

"이, 이건?!"
그 마력량에 시실리가 놀랐지만
여기서 집중력을 잃어서는 안 된다.
그리고 마음을 굳힌 나는
생각했던 주문을 읊었다.
"가라!"

"하, 하하.
조금…… 위력이
너무 셌나?"
나는 하늘을 향해 그 마법을 쏘았다.

아우구스트 폰 알스하이드
신 월포드
린 휴즈
"저기, 신 군!
마력이 자신의 마음에 반응한다는 건,
자기 생각대로 된다는 뜻이지?!"
무언가를 이해한 듯한 앨리스가 어떤 영창을 시작했다.
『나는 바란다!
내 마음과 배를 채우기 위해
감미(甘美)롭고도 감미(甘味)로운
케이크를 여기에 만들어라!』
……야.

앨리스 코너

현자의 손자 10
불요불굴의 마왕님

불요불굴의 마왕님

현자의 손자

10

요시오카 츠요시 지음
키쿠치 세이지 일러스트
김덕진 옮김

현자의 손자 10

Contents

서장

각 연합국에 마인이 나타났다.

그런 보고를 받은 얼티밋 매지션즈 일원은 한시도 지체할 수 없다는 듯이 게이트를 통해 일제히 각국으로 떠났다.

그런 일행을 떠나보낸 알스하이드 왕국군은 앞선 격전의 피로에 다들 지쳐 있었다.

그러나 그런 와중에도 쉴 수 없는 사람들이 있었다.

그들에게 시실리의 언니인 세실리아가 말을 걸었다.

"자, 걔한테 그렇게 말했으니 아무도 죽게 하면 안 돼!"

『오오!』

세실리아의 말에 치유 마법사들이 일제히 응했다.

방금 전 빈사의 중상을 입었던 세실리아를 치료한 신의 치유 마법에 감명을 받았는지 치유 마법사들의 사기가 이상하리만치 높았다.

그들은 부상자를 발견하는 족족 치료했다.

세실리아는 자조적인 미소를 지으며 그런 치유 마술사들의 모습을 지켜보았다.

"동생의 이름을 빌리게 될 줄이야……."

치유 마술사가 아닌 세실리아의 말에 그들이 응한 것은 세실리아가 성녀 시실리의 언니이기 때문이다.

혼자서는 재해급 마물을 토벌 할 수 없었던 것은 물론이고, 마인의 공격으로 빈사 상태가 됐었다.

게다가 치유 마법도 쓸 수 없으니 지금 상황에서는 아무런 도움도 되지 않는다.

그러나 많은 부상병을 치료하기 위해서 성녀의 언니라는 입장을 이용해 치유 마법사들의 사기를 높였다.

자신이 처한 상황을 마주한 세실리아는 아무 것도 할 수 없는 자신이 너무나도 한심했다.

"강해지고 싶네……."

시실리 남매의 장남인 로이스가 들었다면 전율했을 법한 말을 한 세실리아.

"무사해야 해……."

재해급 마물의 사체가 나뒹구는, 지금은 치유 마법사들만이 활동하는 전장의 하늘을 올려다본 세실리아는 마인 토벌에 나선 여동생과 그 친구들의 무사를 기도할 수밖에 없었다.

제1장 황당한 제안

게이트를 빠져나온 곳에서 기다리고 있었던 것은 구름처럼 몰려있는 양치기와 카난국의 혼성 부대였다.

양치기들의 존재감은 여전히 어마어마했다.

"응? 오! 신이잖아!"

"오랜만이에요, 가란 씨! 마인은요?!"

제일 먼저 말을 건 사람이자 아는 사이이기도 한 국가 양양가인 가란 씨에게 현재 상황을 물었다.

"그게 말이다……."

조금 곤혹스러워하는 가란 씨가 시선을 보낸 곳에는…….

있다! 마인이다!

그러나 그 마인의 모습이 이상했다.

"……저 녀석, 뭐 하는 건가요?"

마인은 홀로 아무것도 하지 않고 그저 가만히 서 있을 뿐이었다.

그 사실에 의아해하자 가란 씨가 마인 출현 당시의 상황을 설명하기 시작했다.

"그게 말이지, 저 마인은 나타나자마자 바로 자신의 존재를 알리려는 듯이 거창한 마법을 사용하더라고. 그걸 확인한 우리도 서둘러 왔다만……."

"어? 하지만 보아하니 피해는 없는 것 같은데요?"

"하늘을 향해 쐈거든. 그래서 바로 너희에게 연락했지. 저 녀석은 우리가 왔는데도 아무것도 하지 않고 그냥 저렇게 가만히 서있을 뿐이야."

"아무것도 하지 않았다고요?"

일부러 자신의 존재를 알린 뒤 아무것도 하지 않는다니…….

"그래. 하지만 상대는 마인이다. 우리에겐 벅찬 상대니 함부로 나설 수도 없지. 어떡할까 고민하던 찰나에 네가 왔다…… 앗!"

"어?"

말하는 도중에 가란 씨가 마인 쪽을 보며 소리쳤다.

그쪽을 보니 마인이 엄청난 속도로 도망치는 모습이 보였다.

"앗! 이런!"

다급히 쫓아가려 했지만, 마인은 이미 보이지 않는 곳까지 도망친 뒤였다.

너무나도 예상 밖인 사태에 아까까지 들끓었던 마인을 향한 분노도 사그라져서 그만 그대로 마인을 보내주고 말았다.

색적 마법으로 조사해봤지만 순식간에 색적 범위 밖까지 도망친 듯했다.

"대체…… 뭐였던 거지?"

"그것보다 신 군, 다른 사람들에게 보고해야죠."

"아, 그랬지."

너무나도 이상한 상황에 순간적으로 멍했지만, 시실리의 지적으로 정신을 차린 나는 무선 통신기를 꺼내 마크에게 연락하려 했다.

"아, 신 군!"

시실리가 다급히 나를 불렀지만, 그전에 호출한 마크가 연락을 받았다.

시실리에게 손으로 미안하다고 사과한 뒤 그대로 마크와 통신을 시작했다.

그러자 어째서인지 시실리가 망토를 걸쳐주었다.

어, 왜? 딱히 춥지 않은데?

그렇게 생각했지만 마크를 기다리게 할 수 없어 이야기를 시작했다.

"여보세요, 마크?"

『아, 월포드 군임까? 벌써 마인을 쓰러뜨렸슴까?』

"아니, 그게 아무것도 하지 않고 도망쳤어."

『도망쳤슴까?』

"응. 다른 쪽에선 아직 연락 온 것 없어?"

『저는 월포드 군의 연락이 처음인데요…… 아, 올리비아 쪽에도 연락이 들어온 모양임다.』

마크가 통화하는 중이라 올리비아에게 연락했겠지.

잠시 기다리자 마크가 올리비아에게 들어온 보고 내용을

알려주었다.

『다른 쪽도 마찬가지네요. 역시 아무것도 하지 않고 도망쳤다고 함다.』

"그래……."

결국 마인들은 뭘 하고 싶었던 걸까?

『다른 쪽의 보고도 있을 테니 일단 끊겠슴다.』

"응, 알았어."

마크와 통신을 끊은 나는 시실리와 얼굴을 마주했다.

"다른 곳도 같은 상황이라는데, 대체 마인들이 노리는 게 뭘까?"

"어휴, 신 군……."

이번 일을 상담하려고 말을 걸었지만 시실리는 기가 찬다는 듯이 그렇게 중얼거리고서는 내게 걸어준 망토를 가져가 다시 자신이 걸쳤다.

"어? 왜? 그보다 망토는 왜?"

"이제 됐어요. 마인의 의도 말인데요…… 미안해요, 저도 모르겠어요."

"아니, 나도 모르는 일이니 사과하지 않아도 돼."

마인이라면 혼자서도 구대에 상당한 피해를 줄 수 있을 것 같은데…….

그것보다 시실리의 행동도 신경 쓰였다.

뭐지?

그렇게 생각하고 있으니 가란 씨가 말을 걸었다.
"이봐, 신. 지금 그거……."
"네? 아! 이, 이건……."
이런, 가란 씨가 있는데 아무렇지도 않게 무선 통신기를 사용해버렸어.
아, 시실리가 아까부터 말하려던 게 그거였구나!
"저기, 죄송한데 이 일은 비밀로……."
"너 말이다…… 그거 통신기의 무선 형태지? 지금 통신기만으로도 세상이 떠들썩한데 그런 물건을 밖에서 쉽게 쓰지 말라고……."
"하, 하하. 죄송해요."
"뭐, 가까이에서 본 건 나뿐인 모양이니 비밀로 해주지. 다음엔 조심해라."
"죄송해요. 고맙습니다."
가란 씨가 좋은 사람이라 다행이다.
무사히 넘어간 것에 가슴을 쓸어내리니 시실리에게도 혼이 났다.
"만약 짓궂은 사람에게 들켰다면 어떻게 하려했어요?"
"미, 미안. 나도 모르게 그만……."
시실리는 바로 알아차린 모양이고 다른 아이들도 잘 처신하겠지.
어쩐지 전생에서 핸드폰을 사용했던 이미지가 남아 있어

아무렇지도 않게 쓰게 되네.

“조심해주세요. 이제 신 군의 행동은 모든 나라가 주목하고 있다고요.”

“모든 나라라는 건 거창하잖아…….”

“거창하지 않아요! 그 증거로…….”

시실리가 시선을 보낸 곳은 양치기와 카난군의 혼성 부대.

그 대부분이 이쪽을 보고 있었다.

딱히 떠들썩한 분위기가 아닌 것으로 보아 아무래도 내가 무선 통신기를 사용한 것은 들키지 않은 것 같다.

그나저나…….

“……이렇게나 주목을 받고 있는데도 용케도 아까 통신기를 쓰는 모습을 들키지 않았네.”

“제가 신 군에게 망토를 씌워 광학 위장을 기동했어요. 가란 씨는 그 전에 보시는 바람에…….”

시실리가 망토를 걸쳐준 것이 그런 이유였구나!

지금의 나는 전투복을 입고 있지 않았으니 자신의 망토를 대신…….

“미안. 고마워, 시실리.”

“조심해주세요. 신 군에게 무슨 일이 생기면 저는…….”

시실리가 내 안부를 걱정해준다.

그 사실이 순수하게 기뻤다.

그러나 이번에 그 반대의 일이 일어날 뻔했다.

마인의 마법 공격으로 자칫 시실리를 잃을 뻔했다.

그때는 분노로 정신이 없었지만 냉정해지니 갑자기 무서워져서 나도 모르게 시실리를 안고 말았다.

"어? 아, 신 군……."

"무서웠어…… 시실리를 잃을지도 모른다고 생각했어……."

"신 군……."

시실리를 그런 일로 잃게 된다면 나는 어떻게 될까?

그렇게 생각하니 지금 내 품 안에 있는 온기가 사랑스러워 참을 수 없었다.

이 온기는 내가 반드시 지키겠노라고, 그렇게 맹세했다.

내심 그렇게 맹세하고 있으니 품속에서 시실리가 몸을 움직였다.

"왜 그래? 시실리."

"저, 저기…… 뒤에……."

"뒤?"

시실리의 말에 뒤를 돌아보니…….

"이렇게 많은 사람 앞에서…… 굉장하네, 너."

황당해하는 가란 씨, 그리고 히죽이며 이쪽을 바라보는 양치기와 카난군의 혼성 부대 사람들이 보였다.

"아……."

"아으…… 정말……."

시실리는 새빨개진 고개를 들지 못했다.

그러는 나도 얼굴이 뜨겁다. 상당히 빨개졌겠지…….

"이것 참, 그런 건 집에 돌아간 뒤에 끈적하게……."

가란 씨가 거기까지 말했을 때였다.

무선 통신기의 연결음이 울렸다.

"응? 무슨 소리지?"

"죄, 죄송해요, 가란 씨! 잠깐 가려주시겠어요?"

"그, 그래."

나와 시실리의 통신기에 동시에 연락이 왔다.

그렇다면 이건 오픈 채널이다.

누군가의 보고일까?

나와 시실리는 다시 망토에 부여된 광학 위장을 기동해 둘이서 걸친 뒤 통신을 받았다.

"여보세요. 누구야?"

『여러분! 마크입다! 빨리…… 서둘러서 돌아오세요!』

『무슨 일이야, 빈. 다른 곳도 마인의 피해가 발생하지 않았다면서?』

오픈 채널이라서 오그의 목소리도 들렸다.

『각국에는 피해가 나오지 않았지만 그쪽이 아님다!』

그쪽이 아니다.

그렇다면…….

『구 제도에서! 엄청난 수의 재해급 마물들이 나타났슴다!』

"또 재해급 마물들이 나타났다고?!"

현장에 남아있던 마크가 믿기 어려운 보고를 했다.

『말도 안 돼! 재해급 마물은 아까 우리가 전멸시켰잖아!』

오픈 채널을 통해 오그의 당황한 목소리가 들렸는데, 당연한 반응이다.

내가 달려왔을 때는 이미 재해급 마물은 없었고, 마인들만 있었다.

『어떻게 된 거지?! 구 제도에서 나온 마물은 그것만이 아니었던가?!』

『모르겠습니다! 어쨌든 빨리 돌아와 주세요!』

"그, 그래! 알았어!"

쉽게 당황하지 않는 마크가 초조해한다.

그렇게나 급박한 사태가 벌어졌다는 뜻인가.

"시실리! 서둘러 돌아가자!"

"네!"

"잠깐, 신! 나도 데려가다오!"

"가란 씨?"

어쩌지.

솔직히 가란 씨는 재해급 마물에게 대항할 수 없을 것 같다.

만약 데려갔다가 위험에 처하기라도 한다면…….

"부탁이다. 나는 저번 전선에서 막 돌아온 참이라 교대로 전선에 간 녀석들이 위험에 처했다면 가만히 있을 수 없어."

그렇게까지 말하면 강하게 반대할 수도 없고 무엇보다 망설일 시간이 없다.

"그렇다면야…… 하지만 재해급 마물과 싸우려 하지는 마세요."

"그래, 주제 파악은 하고 있어."

가란 씨에게서 재해급 마물과 싸우지 않겠다는 약속을 받은 나는 아까까지 있었던 알스하이드 진형으로 게이트를 열었다.

"오, 굉장하잖아. 교대로 돌아올 때까지 일주일은 걸렸는데 순식간에 갈 수 있다니……."

가란 씨는 우리를 따라 게이트를 통과하며 계속 감탄했는데, 그 목소리는 점점 작아졌다.

그럴 수밖에 없겠지.

나도 게이트를 지나서 바로 눈에 들어온 광경에 말문이 막히고 말았다.

주변을 보니 게이트가 몇 개 열리며 오그를 시작으로 다른 아이들도 차례차례 이곳에 모여들었다. 그러나 다들 게이트를 빠져나온 순간 눈이 휘둥그레진 채 멍하니 바라보았다.

"뭐, 뭐야…… 이게……."

가란 씨가 간신히 목소리를 짜낼 때까지 아무도 말할 수 없었다.

그만큼 충격적인 광경이었다.

"빈! 빈은 어딨나?!"

"네, 전하! 여기 있습니다!"

"이게 어떻게 된 일이지?!"

간신히 정신을 차린 오그가 마크를 불러 상황 설명을 요구했다.

"여러분의 보고가 끝난 뒤였습니다. 구 제도에서 재해급 마물들이 나타났습니다."

"그건 알겠다. 하지만 이건…… 이 규모는 대체 뭐지?!"

우리의 말문이 막힐 정도의 광경.

그것은 지평선을 가득 채울 정도의 재해급 마물의 무리.

그것이 이쪽을 향해 천천히 다가오고 있는 광경이었다.

마치 마물이 목표를 가지고 진군하는 것처럼.

"구 제도를 감시하던 병사에게 다시 구 제도에서 마물이 나온다는 보고를 받았습니다. 그래서 저도 멀리 내다보는 마법으로 그 상태를 확인했습니다만……."

거기서 마크는 말을 끊고 모두를 둘러본 뒤 말을 이었다.

"정말로 구 제도에서 재해급으로 보이는 크기의 마물이 나타났습니다. 한 마리, 다시 또 한 마리…… 끝없이 나타나더니 결국에는 이런 상황이……."

그때의 광경이 어지간히 충격이었는지 마크는 지금도 믿을 수 없다는 듯이 말했다.

"이게 어떻게 된 일이지…… 설마 구 제도 전역에 재해급 마물들이 숨어 있었나?"

"구 제도 전역…… 대체 수가 얼마나 많은 거야……?"

오그가 솔직히 제일 믿고 싶지 않았던 가능성을 말했다.

대국이라 불린 구 블루스피어 제국.

구 제국 제도는 알스하이드 왕국의 왕도에 밀리지 않을 정도의 규모를 자랑했었다.

그 전역에 재해급 마물들이 숨어 있었다고 한다면…….

마리아가 자신도 모르게 한탄한 것도 무리가 아닐 것이다.

"몇백…… 아니, 몇천인가?"

나는 그렇게 중얼거렸다.

재해급 마물은 그 몸집 때문에 재해급으로 판정되는 것이니 전부 몸집이 크다.

그 점을 고려해도 그 정도는 되지 않을까?

"재해급 마물이 몇천…… 하하…… 농담하지 말라고……."

내 속삭임을 옆에서 들은 가란 씨는 무미건조한 웃음을 흘린 뒤 천천히 다가오는 마물 무리를 절망적인 표정으로 바라보았다.

재해급 마물과 홀로 싸울 수 없는 가란 씨가 보기엔 악몽 그 자체.

세상의 종말이라고 표현할 수밖에 없는 광경이리라.

혼자서 재해급 마물과 싸울 수 있는 우리가 봐도 농담이길 바랄 정도의 광경이다.

"오그, 어쩔 거야……?"

"……어쩔 건지 물어도…… 우리만으로 이만한 수의 마물을 토벌할 수 있겠어?"

"……."

솔직히 말해, 불가능하지는 않다.

하지만…….

"……지형이 바뀌어도 괜찮다면……."

"좋아, 신은 무시하고 우리끼리 어떻게든 막아내자."

말이 끝나기도 전에 불허 판정이 떨어지네.

"혹시나 했더니 정말로 할 수 있다고 말할 줄이야……."

"나도 가능하면 그러고 싶지 않아. 그런 짓을 했다간 이번엔 내가 세계의 적으로 인식될지도 모르잖아."

"……드디어 너도 자중하는 방법을 배운 것 같아 안심했다."

오그의 말이 무척이나 걸렸지만 나도 그 정도 예상은 할 줄 안다.

하지만 그렇게 되면 엄청나게 힘들어지겠는데…….

"하지만 어떻게 할 거야? 이만한 수의 마물을 우리끼리만 상대하는 건 어렵다고."

"음……."

"지금 천천히 다가오고 있다고 여유를 부릴 때가 아니야."

"알고 있다. 지금 생각하고 있으니 잠시……."

"뭐, 뭐냐, 이건?!"

갑자기 오그의 말을 가로막는 커다란 목소리가 들렸다.

돌아보니 수많은 병사들이 있었다.

소리친 것은 지휘관으로 보이는 남성인 듯했다.

“이런 타이밍에 도착했나…….”

“어? 뭐야, 저 군대는?”

“이전 재해급 마물이 출현했을 때 각국에서 구원 부대를 보냈다는 보고가 있었다만…….”

“그렇구나, 무선 통신기가 없으니…….”

“이미 출발한 부대에게 연락할 방법이 없었으니까. 하필이면 이 타이밍에 도착하다니…….”

“아우구스트 전하! 이건 대체 어떻게 된 일입니까?! 보고로는 수십 마리라고 들었습니다만.”

어느 나라의 지휘관인지는 모르겠지만 무장 수준으로 볼 때 지위가 높다는 것을 알 수 있는 사람이 오그에게 말을 걸었다.

“우리도 모른다. 먼저 보고했던 마물은 전부 토벌했다만.”

“그, 그것도 굉장합니다만…… 그나저나 이 상황은…….”

그 지휘관도 지평선을 가득 채우고 천천히 다가오고 있는 마물 무리에 말문이 막혔다.

“이런 걸…… 인간이 어떻게 할 수 있겠습니까?”

다른 나라의 지휘관으로 보이는 사람이 끼어들었다.

지금은 아직 멀리 보이는 재해급 마물의 무리를 각국의 지휘관들은 절망적인 표정으로 바라보았다.

그 뒤에 멈춘 군대도 다들 똑같은 표정이었다.

그나저나 상당히 느릿느릿 다가오네.

이렇게 멀리서 보고 있자니 마치 동물원이나 사파리 파크에 흘러들어온 것 같은 착각에 빠져든…….

"맞다! 우리야!"

"우리?"

"그래! 이유는 모르겠지만 저 마물들은 진행 속도가 무척 느려. 지금이라면 저 녀석들을 격리시킬 수 있는 우리를 만들 수 있지 않을까?!"

"그렇군! 얼티밋 매지션즈! 전원 모여다오!"

내가 떠올린 것은 전생에서 봤었던 동물원이다.

그곳은 우리나 울타리를 이용해 위험한 동물들이 밖으로 나오지 못하도록 한다.

아직 멀리 보이는 지금 단계라면 마법으로 거대한 벽을 만들어 격리할 수 있지 않을까 생각했다.

"다들 들어다오. 저 마물들을 벽을 만들어 격리한다! 신! 어느 정도 크기의 벽을 만들면 된다고 생각하지?"

"글쎄. 가능하면 30미터 정도의 높이에 두께는 5미터는 필요할 것 같아."

"두께 5미터, 높이 30미터의 벽을 만든다고?!"

오그의 질문에 대충 이 정도면 괜찮지 않을까 싶어 대답하니 가란 씨가 놀랐다.

재해급 마물의 높이는 커도 10미터 정도이니 30미터라면 여유로울 테고 두께도 5미터면 충분할 것 같은데…….

"너무 얇고 낮나요? 그럼 높이 50미터에 폭은 10미터로……."

"아니, 아니! 너무 두껍고 너무 높다는 말이었어!"

"아, 그런 뜻이었군요. 뭐, 얇고 낮은 벽을 만들었다가 돌파당하는 것보다는 좋겠죠?"

"그, 그건 그런데……."

"전하! 벽을 어디까지 만들까요?"

가란 씨가 머리를 감싸 쥐고 말았지만, 그러는 사이에도 벽을 만들기 위한 회의는 계속됐다.

앨리스가 어디까지 벽을 만들면 되는지 물었다.

"가능하면 구 제도를 포함한 전체를 감싸고 싶다만……."

"아무리 그래도 그건 무리 아닐까요?"

"아마도 할 수 있을 거다."

"네?"

오그는 구 제도 전체를 감싸고 싶은 모양이었지만 토르는 무리라고 생각했던 듯하다.

하지만 어쩐지 할 수 있을 것 같아서 말해두기로 했다.

"구 제도 건너편에서 벽을 만들며 날아올게. 그럼 마인은 몰라도 마물은 나오지 못할 것 아냐?"

"그게 가능……하겠군, 너라면."

오그가 잠시 부정하려 했지만 다시 생각을 고친 듯하다.

속마음을 알아주는 친구라 고맙네.

"……네가 무슨 생각을 하는지는 쉽게 상상할 수 있지. 네 힘이 얼마나 굉장한지를 알고 있으니 말이다."

"이럴 땐 거짓말이라도 좋으니 믿고 있다고 말해달라고!"

"미안. 거짓말을 할 수 없는 체질이라."

"그 말이야말로 분명 거짓말이야!"

어깨를 으쓱이며 어쩔 수 없다는 자세로 한숨을 쉰 오그와 쓴웃음을 짓는 아이들.

젠장, 날 좀 믿어주면 어때서.

"뭐, 네 비정상적인 행동은 어떤 의미로는 신뢰하고 있다. 그러니 부탁하지."

"…어쩐지 말 구석구석에 악의가 느껴지지만 뭐 됐어. 그럼 나는 구 제도의 건너편에서 벽을 만들 테니까 너희는 정면의 벽을 부탁해."

"알았어! 맡겨둬!"

모두를 대표해 앨리스가 엄지를 들어 답했다.

"신 군."

그러자 활기차게 대답한 앨리스의 옆으로 시실리가 다가와 내게 말을 걸었다.

"혼자서 갈 건가요?"

"응. 이곳의 벽을 만들어줬으면 하니까 조금이라도 더 많은 사람이 남아줬으면 하거든."

"그래요…… 그러네요. 알겠어요. 우리도 최선을 다해 벽을 만들게요. 하지만……."

혼자 벽을 만들러 간다는 것을 이해해준 시실리가 내게 살짝 다가왔다.

"구 제도에는 그 슈투름이 있어요. 부디…… 부디 조심해요."

"괜찮아. 구 제도의 바로 위를 날아가는 건 아니야. 우회할 거니까……."

"아……."

아무도 나를 걱정하지 않는데 시실리만이 나를 진지하게 걱정해주었다.

그 사실이 너무 기뻐 다가온 시실리를 꼭 안아준 것도 어쩔 수 없는 일이리라.

"너희도 튼튼한 벽을 만들어줘."

"신 군…… 네! 열심히 할게요!"

그렇게 말하며 시실리와 마주 보고 있으니…….

"괴, 굉장하네…… 이렇게 많은 사람 앞에서 그런 짓을 하다니……."

마리아의 목소리에 퍼뜩 정신이 들어 주변을 보니 아까까지 절망적인 표정이었던 병사들이 훈훈한 시선으로 이쪽을 바라보고 있었다.

"……뭐, 됐어. 이제 와서 무슨."

"아으……."

벌써 몇 번째지? 이제는 익숙해졌다.

애초에 정식으로 결혼 축하 파티까지 열었잖아. 사람들 앞에서 이러는 게 뭐가 나빠!

"때와 장소를 가려라! 이 어리석은 놈!"

"어이쿠. 그럼 가야겠네."

"아으."

오그에게서 정말로 벼락이 떨어질 것 같았기에 시실리의 이마에 살짝 키스하고서 부유 마법으로 떠올랐다.

잔소리 듣기 전에 빨리 가볼까.

아래를 바라보니 허리에 손을 얹고서 황당해하는 오그와 목까지 새빨개져 홍당무처럼 된 시실리가 보였다.

"그럼 다녀올게."

지상에 있는 사람들에게 말을 건 나는 비행 마법으로 벽을 만드는 시작 지점으로 향했다.

◆

"정말이지 저 녀석은…… 긴장감이라고는 없는 건가?"

"뭐, 신 님이니까요……."

재해급 마물이 지평선을 가득 채울 정도의 수로 나타나 이쪽으로 천천히 다가오고 있다.

이 세상의 종말이라고 할 정도의 광경이 눈앞에 펼쳐졌음에도 평소처럼 가벼운 태도로 날아간 신을 바라본 아우구스트는 황당함이 섞인 한숨을 쉬었고 토르는 쓴웃음을 지었다.

각국의 지휘관들은 눈 앞에 펼쳐진 마물의 광경도 믿을 수 없었지만 아군인 신 일행의 행동도 이해할 수 없었다.

"저, 전하…… 무슨 농담을 그렇게 하십니까? 이런 비상사태에……."

"그, 그렇고말고요! 그리고 방금 마왕님의 발언, 그런 벽을 바로 만들 수 있는 겁니까?!"

각국 지휘관들이 쓴소리를 하는 것도 지당하다.

재해급 마물의 이상 발생과 그 침공.

세계 멸망의 위기를 앞에 두고 친구끼리 농담을 주고받고 있다.

그런 식으로밖에 보이지 않았다.

"흠. 확실히 그렇군. 그럼 빨리 시작해볼까. 너희는 몇 미터 정도는 만들 수 있을 것 같지?"

"저는 한 번에 10미터 정도요."

"나는 5미터 정도려나…… 흙 마법은 좀 익숙하지 않아서."

"나도."

아우구스트의 질문에 마리아는 10미터는 가능하다고 말했고 앨리스와 린은 5미터 정도라고 말했다.

"저는 평소 대장간 일로 흙 마법을 제법 사용하니까 15미터 정도는 가능할 겁니다."

그런 와중 평소 대장간 일과 조각으로 흙을 만지는 일이 많은 마크가 제일 긴 수치를 말했다.

그 말에 당황을 감추지 못하는 각국 지휘관들.

"5미터라느니 10미터라느니…… 대체 무슨 말이죠?"

"뭐, 지켜보면 알아. 그럼 지금 말한 간격을 벌리고 자리에 서자."

『네!』

지휘관의 질문에 대답을 흐린 아우구스트는 다른 아이들에게 위치에 서도록 지시한 뒤 한 마디 추가했다.

"벽 너머는 어떻게 돼도 상관없다! 오히려 깊게 파 올리면 그게 장해물이 된다! 마음껏 해라!"

『알겠습니다!』

아우구스트의 호령에 일제히 대답한 얼티밋 매지션즈.

그러자 각국의 마법사단에서는 느껴본 적이 없을 정도의 막대한 마력이 그들 주위로 모여들기 시작했다.

"이, 이건?!"

"정말이지 어마어마한 마력이야……."

"이게 얼티밋 매지션즈……."

경악하며 넋이 나간 마법사들.

얼티밋 매지션즈 일행은 그들의 반응에도 아랑곳하지 않고 아까 신이 말했던 수치를 떠올렸다.

높이 30미터, 두께 5미터, 폭은…… 할 수 있는 만큼.

이미지를 완성한 그들은 일제히 지면에 손을 대고 마법을 발동했다.

그 순간.

"오옷?!"

"지, 지진?!"

"저, 저길 봐!"

갑자기 떨리기 시작한 지면.

그 직후에 마치 지면에서 자라는 것처럼 토속성 마법으로 만든 벽이 솟아났다.

방금 너무 두껍고 크다고 말한 크기의 토벽.

그만한 크기의 벽이 순식간에 만들어졌다.

그리고 그 폭에는 개인차가 있다는 것을 깨달았다.

"그렇군…… 아까 했던 말들은 한 번에 어느 정도 폭의 벽을 만들 수 있는지 알렸던 건가……."

"그래. 지금이라면 아직 확인할 수 있으니 벽 너머를 봐라."

마법을 마친 아우구스트는 이제야 상황을 이해한 지휘관들에게 말을 걸었다.

그러자 그 말이 신경 쓰였는지 지휘관들은 벽 건너편으로 달려갔다.

"아, 조심해라. 건너편은 절벽이 됐으니까."

아까까지 평탄했던 평원이었던 곳을 가리키며 절벽이 됐

다고 말한 아우구스트.

그 말을 들은 지휘관들은 달리는 속도를 줄이고 벽 너머를 들여다보았다.

거기서 보인 광경은…….

"오, 오오!"

"이, 이건?!"

"굉장하군……."

우뚝 솟은 벽을 만들기 위한 재료인 흙은 벽 너머의 지면에서 조달했다.

그 결과, 벽 안쪽으로 무척이나 깊은 골이 생겼다.

"조심하라고 말했지?"

그 말을 듣지 않았더라면 자칫 절벽 밑으로 떨어졌을 수도 있었다.

그 사실에 식은땀을 흘린 각국 지휘관들은 그제야 아우구스트 일행의 태도를 이해할 수 있었다.

"이만한 마법을 사용할 수 있다면…… 방금 전의 그 여유도 이해가 되는군요."

"정말이지…… 마치 꿈을 꾸는 기분입니다."

지휘관들 뒤에서 지켜본 병사들도 그 성과가 믿기지 않는지 술렁이기 시작했다.

그러나 그런 칭찬을 받은 아우구스트 일행은 조금 복잡한 심정이었다.

"뭐, 칭찬해주는 건 고맙다만."

그렇게 말하며 쓴웃음을 짓는 아우구스트.

"네?"

그런 아우구스트를 알 수 없다는 표정으로 바라보는 지휘관들.

"그러네요. 솔직히 신 님이었다면 어떻게 됐을지를 생각하면 솔직하게 기뻐하기 어렵……."

신과 비교하면 어떨까?

그런 생각을 하는 이상, 얼티밋 매지션즈는 마법을 자랑할 기분이 들지 않았다.

토르가 그런 말을 하려고 한 순간, 아득히 멀리서 흙먼지가 피어올랐다.

그리고 그 흙먼지는 엄청난 기세로 퍼지더니 구 제도와 마물 무리를 감싸듯 움직였다.

"저건 설마……."

불길한 예감이 든 아우구스트가 먼 곳을 볼 수 있는 마법을 사용해 흙먼지의 정체를 확인했다.

"역시나……."

비행 마법으로 지면의 살짝 위를 날면서 토속성 마법으로 거대한 벽을 만들고 있는 신이 보였다.

자신들은 5미터나 10미터의 벽을 만드는 것도 제법 고생이었는데 신이 하고 있는 것은 대체 뭐지?

대체 한 번에 몇 십 미터의 벽을 혼자서 만들고 있는 것인가.

그리고 그것을 대체 얼마나 연속으로 발동하는 것인가.

아우구스트 일행은 어이없다는 표정을 했고 지휘관 일행은 턱이 빠지도록 입을 크게 벌리고 경악했다.

"우리도 지지 않고 계속해서 벽을 만든다! 너희들! 그런 곳에 있으면 벽의 안쪽에 남겨질 거다! 빨리 피해라!"

경악한 각국 지휘관과 가란은 아우구스트의 말에 재해급 마물로 가득한 벽 안쪽에 남겨지는 미래를 상상하며 다급히 자리를 피했다.

"신에게만 부담을 주지 마라! 우리도 가능한 많은 벽을 만들자!"

그런 아우구스트의 말에 모두가 다시 벽을 만들기 시작했다.

고속 이동으로 거대한 벽을 만들던 신이 갑자기 그 작성을 멈추고 마물 무리와 아우구스트 사이를 가로질렀다.

그리고 어느 정도까지 온 뒤, 이번엔 구 제도 방면을 향해 벽을 만들었다.

'남은 건 맡긴다는 건가.'

전부 신이 혼자 만드는 것이 아니라, 아우구스트 일행에게도 일을 맡긴다.

그렇게 하면 이 성과는 모두의 것이 된다.

아마도 신은 그렇게 판단했으리라고 아우구스트는 생각했다.

"정말이지…… 세상 물정 모르는 주제에 이상한 곳에서는 배려할 줄 안다니까."

"신기한 사람이군요."

"그러게 말이다."

신 덕분에 어떻게든 될 것 같았다.

그렇게 생각한 아우구스트의 입에서는 미소가 흘러나왔다.

"자, 이제 얼마 안 남았다. 마지막까지 방심하지 마라!"

"네!"

그렇게 신이 도중까지 만든 벽과 아우구스트 일행이 만든 벽이 이어져 구 제도를 완전히 포위하는 벽이 완성됐다.

◆

구 제도를 완전히 포위하는 형태로 커다란 벽을 만들었다.

이것으로 한동안 시간을 벌 수 있다.

그러는 사이에 이 재해급 마물들을 상대하기 위한 대책을 짤 수도 있을 것이다.

물론 최종 목표는 마물의 전멸이니 그 방법 등도 회의를 해야만 하는 데다 드디어 슈투름 쪽의 마인까지 나타났다.

그 대책까지 생각해야 한다.

그런 생각을 하며 나는 오그가 있는 곳으로 돌아왔다.

부유 마법을 해제하고 지면에 선 나를 맞이한 것은 각국 병사들의 커다란 함성이었다.

"굉장했어! 마왕!"

"와! 이거 정말 마왕님이라고 부를 수밖에 없겠어!"

뭐야?! 마왕만으로도 피곤한데 거기에 님까지 붙인다고?!

"마왕님! 뭐야, 입에 착착 감기잖아?!"

"마왕님! 마왕님!"

갑자기 일어난 마왕님 연호에 나는 넋을 잃고 말았다.

이게 뭐야?

앞으로 마왕님이 내 호칭이 되는 건가 싶어 절망에 빠져 있던 중 시실리 그리고 곁다리인 오그가 다가왔다.

"신 군! 굉장했어요!"

"그래…… 뭐냐, 그건. 솔직히 괴현상으로만 보이더군."

"괴현상이라니…… 마물 무리가 도착하기 전에 포위해야 했잖아. 급하게 했더니 그렇게 됐을 뿐이야."

"정말이지. 여전히 자중이라는 걸 모르는군."

"어라? 그러면 안 됐어?"

화려한 공격 마법을 사용한 것도 아니고 병사들도 마음에 든 것 같아 괜찮다고 생각했다.

"그건 너무나도 비현실적인 상황을 이해할 수 없었던 것뿐이다. 일종의 현실 도피지."

현실 도피라니……. 오그와 그런 대화를 나누고 있었더니 지휘관들이 모여들었다.

"역시 마법사의 왕, 마왕이라 불리실만하군요."

“정말 그렇습니다. 아우구스트 전하의 마법도 굉장하다고 생각했습니다만, 이건 좀…….”

“수준이 다르지?”

말끝을 흐린 지휘관의 뒷말을 오그가 이었다.

말하기 껄끄러운 부분을 시원하게 말한 오그를 본 지휘관들의 눈이 휘둥그레졌다.

“뭘 그리 놀라지? 신과 우리의 사이에는 무척이나 커다란 실력 차이가 있다는 건 우리가 제일 잘 알고 있다.”

아무렇지도 않게 그런 말을 한 오그에게 지휘관들은 놀라움을 감추지 못했다.

그야 그렇겠지.

자꾸 잊게 되지만 오그는 왕족이다.

왕족이 다른 사람보다 뒤떨어진다는 말을 얼굴을 마주하고 할 수 없다.

그 사실을 왕족이 스스로 말하는 것 또한 원래 있을 수 없는 일이리라.

“실력 차이가 너무 나면 딱히 분하지도 않지. 신경 쓰지 마라.”

“그건 그렇고 오그, 이제부터…….”

오그에게 아까 생각했던 앞으로의 일을 물으려 했을 때였다.

『후후후, 하하하! 아하하하하하!』

확성 마법인 듯하다.

돌연, 벽 앞에 있는 모두가 들을 수 있을 정도의 큰 웃음소리가 울려 퍼졌다.

『정말이지 여전히 황당한 짓을 저질러주는군요.』

그리고 그 목소리는 들어본 적이 있다.

"오그! 이건!"

"알고 있다!"

『후후, 오랜만입니다. 아우구스트 전하, 신 월포드 군.』

"이 자식! 슈투름!"

그렇다. 마인들의 우두머리, 올리버 슈투름의 목소리였다.

갑자기 울린 슈투름의 웃음소리.

그 목소리를 들어본 적 있는 우리는 곧바로 슈투름이라는 것을 알았지만, 이곳에 있는 대부분의 사람은 그 목소리를 처음 듣는 듯했다.

"이, 이봐, 신. 슈투름이라면……."

"가란 씨는 처음 들으셨겠군요. 이 목소리의 주인이 마인들의 우두머리, 올리버 슈투름이에요."

"지, 진짜냐……!"

가란 씨의 질문에 답한 것 만으로도 각국 지휘관들 사이에서 긴장감이 흘렀다.

당연하겠지.

마인의 우두머리라면 자신들이 적대하는 세력의 톱.

이른바 최종 보스다.

강제적으로 마물을 만들고 인간조차도 마인으로 바꿔버린다.

그런 존재가 목소리만이라지만 돌연 이곳에 나타났다. 공포를 느끼지 않을 수 없겠지.

공포와 당황이 퍼져가는 와중, 확성 마법으로 슈트름의 목소리가 다시 울렸다.

『이것 참 마물을 풀면 어떻게 반응할까 싶었더니…… 굉장한 일을 했군요, 신 월포드 군.』

마물을 풀었다니…… 반쯤 장난으로 이런 짓을 했다는 거야?!

"여전히 웃기는 자식이네!"

"침착해, 신. 녀석이 일부러 나왔으니 뭔가 의도가 있을지도 몰라."

슈트름의 말도 안 되는 행동에 분노를 억누르지 못하고 나도 모르게 거친 소리를 했지만, 오그가 말려주었다.

오그도 속으로는 상당히 화가 났다는 것을 알 수 있었다.

그러나 지금까지 행동을 파악할 수 없었던 마인들의 동향을 살필 수 있을지도 모른다.

그렇게 판단하고 얌전히 슈트름의 다음 말을 기다렸다.

분노를 억누르고 냉정하게 적의 동향을 살피려는 오그의

모습에 나도 조금씩 진정되어 슈투름의 말을 들을 수 있었다.

『그럼 이걸로 우리의 주변이 완전히 벽으로 둘러싸여 격리되고 말았군요.』

일단 상황을 확인하는 슈투름.

확실히 대량의 재해급 마물을 상대할 대책을 마련하기 위해 급한 대로 벽을 세웠지만, 결과적으로는 슈투름을 포함한 마인을 격리한 셈이 됐다.

『벽 안에는 재해급 마물들이 북적대서 무척이나 즐거운 상황이 됐습니다.』

그러고 보니 아직 벽 위에서 안쪽을 확인하지 않았는데, 대체 안쪽은 어떻게 된 걸까?

땅을 벽의 재료로 삼았기에 내부에 깊은 골이 생겼으니 벽에 다가올 수는 없을 텐데.

『후후, 이 벽이 부서지면…… 어떻게 될까요?』

"뭐?! 벽을 부술 생각인가?!"

불길한 말을 하는 슈투름에게 민감하게 반응하는 지휘관이 한 명.

그러나 내게 그것은 이미 예상했던 범주였다.

슈투름이라면 당연히 벽을 부수려 할 것이고, 간단히 실행할 수 있는 힘도 지녔다.

그러나 다른 사람들에겐 예상 밖이었는지 이곳에 모인 각국군에 동요가 퍼졌다.

『음? 월포드 군은 당황하지 않는군요. 예상했나요?』

뭐지?

슈투름이 어디서 지켜보고 있나?

나는 남몰래 슈투름이 어디에 있는지 찾으며 그의 질문에 답했다.

"그래. 그렇게 생각하는 게 당연하잖아."

우리…… 아니, 직접 싸운 적이 있는 나는 슈투름을 과소평가하지 않는다.

이런 벽쯤은 당연히 어렵지 않게 부술 수 있다.

딱히 놀랄 일도 아니다.

그런데도 벽을 만든 것은 이 사태를 타개하기 위해 협의할 시간이 조금이라도 필요했기 때문이다.

나는 슈투름에게 조금이라도 약한 모습을 보이지 않도록 냉정한 태도를 가장해 말했다.

『이번에 여러분 앞에 나타난 것은 한 가지 제안이 있기 때문입니다.』

"……."

이런, 슈투름은 내 목소리를 듣지 못했네.

아마도 어디선가 멀리 내다볼 수 있는 마법으로 이쪽을 보며 확성 마법으로 내게 말을 걸었을 텐데 이쪽은 확성 마법을 사용하지 않고 평범하게 대답하고 말았다.

당당한 얼굴로 대답했지만 사실 상대에게 들리지 않았다

는 무척이나 부끄러운 짓을 저지른 나는 냉정한 표정을 유지한 채 얼굴이 붉어졌다.

옆에서 오그가 필사적으로 어금니를 깨물며 진지한 표정을 유지하며 웃지 않도록 노력했다.

다른 아이들은 참지 못했는지 고개를 숙이거나 손으로 입을 가렸다.

내 목소리는 주변에 있던 사람들에게만 들렸기에 아이들의 이 반응은 지휘관들에겐 다른 의미로 보인 듯했다.

"아우구스트 전하께서 저렇게 분노하시다니……."

"얼티밋 매지션즈 분들이 저렇게 반응하다니…… 대체 무엇을 할 생각이지?"

적의 대장이 나타나 선전 포고를 할지도 모르는 상황이니 절대로 웃어선 안 된다.

그래서 열심히 험악한 표정을 하고 있을 뿐인데 우리가 슈투름의 요구에 분노하거나 무서워한다고 생각하는 모양이었다.

좋지 않네.

만약 누가 웃음이라도 터뜨리면 사기가 저하되지는 않을까?

그런 위기감을 느끼고 있을 때 슈투름이 그 제안이라는 것을 이야기하기 시작했다.

『실은 말입니다, 저는 이번에 어떤 결의를 했습니다.』

결의?

"결의라…… 이 상황을 보면 드디어 세계 정복이라도 결의

한 건가?"

슈투름의 말에 의식을 집중해 간신히 침착을 되찾은 오그가 그렇게 중얼거렸다.

이런 상황에서 결의 표명이라면 그렇게 생각하는 것이 당연하겠지.

주변 사람들도 그것을 예상했는지 험악한 표정이 됐다.

그러나 다음에 나온 슈투름의 말은 우리의 예상을 훨씬 웃돌았다.

『세계를 **멸망시킬** 결의를.』

…….

그 말을 들은 순간, 우리의 시간이 멈췄다.

지금…… 슈투름이 뭐라고 말했지?

세계를…… 멸망시킨다고?!

『뭐?! 바보 같은! 그런 짓을 해서 뭐가 남는다는 거지?!』

오그가 확성 마법을 발동해 슈투름에게 전해지도록 큰소리로 외쳤다.

『음? 아우구스트 전하. 안녕하십니까.』

『그런 입에 발린 인사를 받아줄 시간은 없다! 지금 뭐라고 말했지?! 세계를 「정복」하는 것이 아니라 「멸망」시킨다고?! 그런 짓을 해서 뭐가 된다는 건가?!』

슈투름의 분위기 파악 못 하는 인사에 오그가 화를 내며 방금 한 발언의 진의를 물었다.

애초에 마물이나 마인을 대량으로 만든 것은 슈투름의 동료를 늘리기 위한 행동이 아니었나?

그렇게 해서 늘린 동료와 지낼 곳을 만들기 위해 세계를 「정복」하려고 생각하는 것이 훨씬 더 자연스러울 것이다.

그러나 슈투름은 하필이면 세계를 「멸망」시키겠다고 말했다.

대체 무슨 생각인 거지? 우리 인간에게 상당한 원한이라도 품은 걸까?

슈투름의 진의를 알 수 없어 하자 슈투름은 무척이나 간단히 그 심정을 토로했다.

『아무것도 남지 않습니다.』

『뭐……?』

너무나도 간단히 말했기에 순간 멍해진 오그.

그런 오그를 신경 쓰지 않고 계속해서 말을 잇는 슈투름.

『딱히 세계를 없애고 싶어서 없애려는 것은 아닙니다.』

『여, 영문을 모르겠군…….』

『의미가 없으니까요…… 이 세계가 존속해야 할 의미도.』

『무, 무슨 말이지?!』

점점 더 알 수 없어졌다.

멸망시키는 것에 의미가 없는데 멸망시키겠다고?

뭐냐고? 그 선문답 같은 대답은?!

그리고 세계가 존속할 의미가 없다는 건 무슨 뜻이지?

『자, 제 말을 어떻게 해석하든 당신들 마음대로입니다. 제가 세계를 멸망시키려는 결의를 했다. 그 사실만 이해해주시면 되는 것 아닙니까?』

너무나도 제멋대로인 말.

자신이 없애고 싶으니 세계를 멸망시킨다.

이유는 불명.

그 말을 들은 모두는 공포심보다 당황감이 더 컸다.

그러나 슈투름은 당황한 우리를 전혀 신경 쓰지 않고 이야기를 진행했다.

『세계를 멸망시키겠다고 정한 것은 좋지만, 이대로 제가 각국을 공격해도 재미가 없지요.』

『재, 재미……라고!』

세계를 없애기 위한 행동을 재미의 유무로 정한다는 거야?!

『그래서 한 달.』

『뭐?』

『한 달의 유예를 드리겠습니다. 그사이에 전력을 증강하고 월포드 군이 만든 벽 안에서 자웅을 겨뤄보지 않겠습니까?』

우리가 마인의, 슈투름의 이상함에 분노하고 있자니 슈투름이 그런 제안을 했다.

가벼운 말투로, 그건 마치…….

『……마치 게임을 하는 듯한 말투로군.』

오그가 한 말이 모두의 심정일 것이다.

슈투름의 말은 마치 모두 모여 게임이나 하자는 것처럼 들렸다.

『그렇습니다. 이것은 게임입니다.』

『뭐라고!』

『후후후, 부디 즐겁게 해주십시오. 이제는 저도 지금 상황이 지루해지기 시작했거든요. 그럼 한 달 후를 기대하겠습니다.』

『이, 이봐! 그걸 우리가 받아들일 거라고 생각하나?!』

『받아들이지 않을 경우…… 그렇군요, 각국을 순서대로 섬멸하게 되겠군요.』

『이, 이 자식!』

게임에 참가하지 않을 경우 슈투름은 각국을 공격하겠다고 선언했다.

이것으로 우리에게 선택의 여지는 사라졌다.

한 달 후, 이 재해급 마물로 가득한 곳에 들어가 자웅을 겨루는 게임에 강제 참가가 결정됐다.

『그럼 여러분, 안녕히 계십시오.』

『잠깐! 슈투름! 아직 이야기는 끝나지 않았다! 이봐!』

작별 인사를 마친 슈투름이 오그의 부름에 답하는 일은 없었다.

이거 최악의 전개네.

가능하면 관망하는 마인들을 신경 쓰지 않고 공존까지는 아니더라도 서로 간섭하지 않는 관계를 유지하고 싶었다.

그러나 마인 쪽에서 일방적인 선전 포고와 함께 전면 전쟁에 들어가게 됐다.

그것을 피할 수 없었던 것이 분한지 오그가 굳은 표정으로 하늘을 올려다보았다.

"오그…… 일단 왕도로 돌아가자. 이 사실을 보고해야지."

"……그래, 그리고 각국에도 보고가 필요하겠군."

마인과 전쟁을 벌이는 일을 피하고 싶었던 오그는 낙담한 기색을 감추지 못했다.

게다가 이곳에는 각국의 지휘관들이 모여 있어 방금의 추이를 지켜보았으니 은폐할 수도 없다.

"서둘러 수뇌부 회의가 필요하겠군. 그리고 한 달 후를 위한 대비도."

방금까지 낙담하던 오그는 바로 마음을 다잡았는지 각국 지휘관들에게 앞으로 어떻게 할지를 전달했다.

이제 곧 세계에 평화가 돌아온다고 생각하던 때에 찾아온 멸망의 위기.

지휘관들만이 아니라 각국의 병사들의 경악과 절망을 떠올린 표정에서 이렇게 될 줄은 몰랐다는 심정이 전해졌다.

아무리 우리 얼티밋 매지션즈가 인류의 범주를 벗어나려는 존재라 해도 열두 명에 불과하다.

몇백에서 몇천이나 되는 재해급 마물들과 얼티밋 매지션즈조차 고전했던 마인이 상대라면…… 인류의 미래에 절망할 수밖에 없을 것이다.

정말로…… 어떻게 해야 하지?

"그런데…… 왜 갑자기 이런 제안을 한 걸까요?"

앞으로의 일로 고민하고 있으니 근본적인 부분이 궁금해졌는지 시실리가 그렇게 말했다.

"우리가 그들에게서 떨어진 마인들과 싸우고 있을 때도 전혀 끼어들지 않았는데…… 왜 갑자기 이런……."

시실리가 무심코 그렇게 말할 정도로 갑작스러웠다.

만약 처음부터 세계를 없앨 생각이었다면 세계를 정복하려던 그 평민 마인들과 떨어질 일도 없었을 테고 방치하지도 않았을 것이다.

그런데 어째서 이렇게 갑자기?

"……인간을 얕보는 자의 생각을 알 수는 없지만……."

한동안 생각에 잠겼던 오그가 조심스럽게 입을 열었다.

"의외로 뭔가 세계에 절망했을만한 일이라도 있었는지도 모르겠군."

◆

"제스트 대장님."

슈투름이 인류에게 선전 포고를 한 뒤, 그 이야기를 들은 마인 한 명이 전 첩보부대 대장인 제스트에게 말을 걸었다.

"뭐지?"

"네. 저기, 저희는 슈투름 님께서 마인으로 만들어주신, 이른바 장기 말이니 결정에 따르겠습니다. 하지만……."

"……어째서 갑자기 이런 말을 꺼냈는지 말인가?"

"네."

슈투름의 선언은 제스트와 같은 측근 이외의 마인들에게도 예상 밖이었는지 그 진의를 알 수 없어 했다.

그래서 과감하게 제스트에게 물어보기로 했다.

그 질문을 받은 제스트는 살짝 숨을 내쉬고서 그 마인에게 답했다.

"슈투름 님이 어떤 실험을 하신 건 알고 있나?"

"실험 말씀이십니까? 그건 동물을 강제로 마물로 바꾸어 재해급까지 이르게 한다는 그……."

"그것도 실험의 하나이지만 그게 전부가 아니야. 우리의…… 미래와 관련된 실험이다."

그 마인에게는 제스트가 한 말은 처음 듣는 소리였다.

슈투름이 알스하이드에 잠복해 있을 때부터 생물을 강제로 마물로 바꾸는 실험을 했던 것은 알고 있었다.

그리고 그것이 더욱 발전해 재해급 마물을 강제적으로 만드는 실험에 도전했던 사실도.

그러나 이 마인은 그 실험이 딱히 이렇다 할 미래 전개와 목적도 없는, 이른바 슈투름의 취미 같은 것임을 몰랐다.

설마 그 뒤에서 다른 실험을 했을 줄이야.

"그래서 그 실험이 어떻게 된 겁니까?"

"그래…… 그 실험 결과는……."

거기까지 말한 제스트는 며칠 전 슈투름에게서 들은 실험의 결과를 떠올렸다.

밀리아가 제안한 실험이 실행됐다.

그리고 제스트는 드디어 그 결과가 나왔다는 말을 슈투름에게 들었다.

실험 내용을 아는 제스트는 그 실험의 성과에 마인의 미래가 달렸다는 사실을 알고 있었다.

그래서 긴장한 얼굴로 슈투름의 말을 기다렸다.

"실험은……."

그리고 드디어 슈투름의 입에서 실험의 결과가 알려졌다.

"실패입니다."

슈투름의 말을 들은 제스트는 잠시 그 말을 받아들이지 못한 채 망연하게 섰다.

한동안 그러고 있던 제스트는 슈투름의 말에 담긴 의미를 이해하고서는 자신도 모르게 소리쳤다.

"그럼! 그래선 우리 마인의 미래는!"

"절망. 그것밖에는 없겠군요."

"그, 그럴 수가……."

마인의 미래를 건 실험은 실패로 끝났다.

그 결과를 얻은 슈투름은 마인의 미래는 절망뿐이라고 단언했다.

그 말은 마인의 미래만이 아니라 제스트에게도 절망을 주었다.

슈투름은 낙담한 제스트에게 위로의 말을 건넬 기색도 없이 말을 이었다.

"이 실험이 실패했다면 우리는 어째서 존재하고 있는 걸까요?"

"어째서…… 말씀입니까?"

제스트는 슈투름이 한 질문의 의미를 알 수 없었다.

생각에 잠긴 제스트에게 슈투름이 대답했다.

"우리는 이 세계에 해악에 불과합니다."

"그! 그렇지는……."

않다고, 제스트는 부정할 수 없었다.

자신들의 존재는 해악.

그런 말을 긍정하고 싶지 않았다.

그러나 실험의 결과가 슈투름의 말을 긍정할 수밖에 없게 했다.

슈투름은 세계의 해악이라는 말을 부정하지 못하는 제스

트를 바라보며 말을 이었다.

"우리가 존재하는 것이 의미가 없는 세계. 그런 세계가 과연 필요할까요?"

그 말은 들은 제스트는 이해했다.

슈투름은 세계를 멸망시킬 생각이다.

자신들의 존재를 허용하지 않는 세계는 존재해봤자 의미가 없다고 판단했다.

그렇다면 이다음 슈투름이 할 행동은…….

"세계 정복…… 아니, 파멸입니까?"

"후후후, 과연 대단하군요, 제스트 군. 눈치가 빨라요."

그렇게 즐겁게 대답한 슈투름을 바라보며 제스트는 한 마디 더하려던 말을 삼켰다.

그것은.

'혹은…… 자신의 파멸을…… 바라고 계신 겁니까?'

제2장 할머니 무쌍

슈투름이 제안한 세계의 운명을 건 게임에 반쯤 강제로 참가하게 된 우리는 각국의 병사 몇 명을 경계병으로 남겨두고 그 이외의 병사들은 게이트를 통해 나라로 돌려보냈다.

구 제도를 포함한 일대를 거대한 벽으로 감쌌고, 슈투름은 이 상황을 즐기고 있는 것처럼 보이니 벽을 부수고 공격에 나설 일은 없을 것이라 판단했기 때문이다.

병사들을 나라로 되돌린 우리는 가란 씨와 각국의 지휘관들과 함께 알스하이드 왕도로 돌아왔다.

수뇌부 회의를 열기 전에 우선 현장에 있었던 지휘관들과 협의하기 위해서였다.

협의라고는 해도 지정된 기한인 한 달 사이에 어떻게 전력을 증강할지에 관한 이야기겠지만…….

한 달이라는 짧은 기간 동안 어떻게든 할 수 있는 걸까?

그런 절망적이라 할 수 있는 상황이다 보니 회의실을 향해 왕성의 복도를 걷는 각국 지휘관들만이 아니라 팀 모두의 표정이 어두웠다.

……이렇게 된 이상 다른 사람들이 어떤 시선으로 바라봐

도 상관없으니 내가 전력을 다해서…….

"미안했다, 신."

어쩔 수 없는 상황에서 내가 마지막 수단을 생각하고 있자니 오그가 갑자기 사과했다.

"왜 사과하는 거야?"

"네가 만든 마차의 첫 시승을 우리가 빼앗은 것 말이야."

아, 그거 말이구나.

듣자니 상당한 긴급 사태였다고 하니 투덜거릴 생각은 없었다.

"그런 걸로 사과하지 마. 급한 상황이었으니 어쩔 수 없잖아. 아, 하지만……."

"……뭐지? 역시 뭔가 신경 쓰이는 점이라도 있나?"

한 가지 마음에 걸리는 게 있네.

"아니…… 처음으로 모두가 그 마차에 탔을 때 놀라는 얼굴을 볼 수 없었던 게 아쉽네."

그렇게 말하니 오그가 쌀쌀맞은 눈으로 바라보았다.

"……그래, 충분히 놀랐지. 뭐냐, 그 마차는? 떨리지 않는 것과 속도가 빠르다는 건 들었다만……."

"온도가 쾌적하고 냉장고까지 있었습니다."

"실내도 밝았어!"

오그에게 서스펜션과 파워 어시스트를 알려준 적이 있지만, 그 이외에는 생각나는 대로 만들었으니까.

토르는 에어컨과 냉장고를, 앨리스는 조명을 떠올린 모양이었다.

"그 장비, 좋더라. 우리 여관에서도 쓰고 싶어."

"아, 저도 그 생각했어요."

"객실이 항상 쾌적한 온도를 유지하는 것도 좋았고 조명은 기름을 사용해서 불이 날 걱정할 필요 없는 것이 좋았어."

"월포드 상회에서 산 냉장고가 아버지들에게 무척 호평이었는데, 이따금 얼음을 만들기 위해 마력을 담지 않으면 안 된다는 건 조금 귀찮기도 해요."

손님을 받는 여관과 식당을 운영하는 유리와 올리비아는 그 마차의 장비에 관심이 많았다.

그렇구나. 수요가 있다면…….

"괜찮으면 제공해줄까?"

"어? 정말?!"

"괜찮은가요?!"

"그래, 그 정도라면."

"괜찮을 리 없잖아!"

유리와 올리비아가 내 제안에 긍정적이어서 받아들일까 싶었더니 오그가 제지했다.

"왜? 우리끼리라면 괜찮잖아."

딱히 그걸 판다는 것이 아니라 친구 집에도 달아줄까 싶었던 건데?

뭐가 문제지?

“너는 칼튼과 스톤의 집이 알스하이드에서도 유명한 여관과 가게라는 것을 잊었어?”

“알고 있어. 그게 왜?”

“유명한 여관과 음식점에 특별한 마도구가 설치됐다는 게 알려지면 당연히 그 마도구를 원하는 사람이 나오겠지.”

“그건…… 그러네.”

“그런 일이 벌어져 봐라. 네가 세상에 내보낼 생각이 없다 해도 세상이 멋대로 끄집어낼 거다. 그리고 칼튼과 스톤은 얼티밋 매지션즈야. 그 마도구의 출처 정도는 쉽게 추측할 수 있지.”

오그의 설명에 찍소리도 할 수 없었다.

내가 그럴 생각이 없다 해도 주변에서 멋대로 떠들썩해진다는 건가…….

“애초에 그 마도구는 전부 마석을 사용하는 게 전제잖아?”

“응.”

“그럼 그 마석의 출처에도 의문을 가질 거다.”

그렇구나…….

스스로 마석을 만들 수 있게 된 이후로 전생의 건전지 같은 느낌으로 만들어 사용했으니 감각이 무뎌졌었다.

일반적으로 이곳에서 마석은 아직 가격이 비싸고 희소성이 있는 물건이니까.

어렸을 때 이쪽 세계의 상식을 접하지 못해서 아직 전생의 감각이 빠지지 않았다.

"알았어. 유리, 올리비아, 기대하게 해놓고 미안한데 이 이야기는 없던 걸로."

"음~ 아쉽지만 어쩔 수 없네."

"저도 있으면 좋겠다, 싶은 정도였으니 괜찮아요."

유리와 올리비아는 이해가 빠르다.

뭐, 평소에 자주 사용하는 물건이 아니니 집착심도 옅은 건가?

"그나저나……."

"응?"

"너, 그 마차에 대체 마석을 몇 개나 쓴 거야?"

일련의 흐름으로 내가 만든 마차에 사용된 마석의 개수를 묻는 오그.

음…….

"……몇 개였지?"

"하아…… 그걸 팔면 대체 가격이 얼마나 나올지 상상도 안 되는군."

사용한 마석의 수를 손가락으로 세고 있으니 오그가 한숨과 함께 그런 말을 했다.

"안심해. 팔지 않을 거니까."

"당연하지! 기존의 마차 업자에게서 일을 빼앗지 않겠다고 해서 서스펜션과 베어링을 묵인해줬는데 그런 물건을 팔았다가 얼마나 많은 업자가 도산할지 알고는 있는 거야?!"

"아니, 그래서 내가 사용할 마차에만 달았잖아."

"하아…… 너도 참…… 조명과 냉장고, 그리고 온도 조절기. 그것 이외에는 달지 않았겠지?"

실업자가 생기면 안 되니 판매하지 않을 자가용 마차를 만들었는데 오그에게 혼났다.

어째서지?

그리고 그것 외에 부여한 것이 없는지 확인했는데…….

"아, 그러고 보니……."

"뭐지?! 뭘 달았어?!"

열심히 생각해보니 이번에 핵심이라고 부를 수 있는 것을 부여했던 것을 떠올렸다.

그러자 그것에 이상할 정도로 과하게 오그가 반응했다.

그렇게 대단한 건 아니라고.

다들 잘 아는 마법이야.

"부유 마……."

"이 자식……!"

"도착했습니다."

마차가 도랑 등에 빠졌을 때 탈출용으로 부여한 부유 마법을 말하려고 하니 오그가 불같이 따지려 했다.

그러나 마침 회의실에 도착해 토르가 말려주었다.

“……어쩔 수 없지. 신, 그 일에 대해서는 나중에 천천히 듣도록 하마.”

“어? 비상시에 사용하는 건데?”

“정말인가? 나중에 반드시 확인해보지.”

오그는 지금은 보고와 회의를 우선시했지만, 나중에 반드시 확인하겠다며 무서운 눈으로 바라보았다.

그러니까 긴급 탈출용이라니까.

아직은…….

회의실 앞에 선 병사가 안에 있는 사람들에게 말을 걸어 승낙을 받은 뒤 문을 열었다.

안에는 디스 아저씨와 가스톨 군무국장, 그리고 올그란 마법사단장이 있었다.

“돌아왔구나, 아우구스트. 아, 그리고 각국의 지휘관들이로군. 연락은 받았다.”

『네!』

현장에서 따라온 가란 씨를 시작으로 지휘관들이 등줄기를 곧게 펴고 대답했다.

디스 아저씨가 말을 걸어 긴장한 모양이다.

이렇게 다른 나라 사람들이 공손한 태도를 취하는 것을 보면 디스 아저씨가 대국의 국왕이라는 것을 실감할 수 있다.

……거의 평소 모습만 봤던 내게는 위화감이 엄청나게 들지만.

그런 뭐라 말할 수 없는 마음이 들고 있을 때 국왕 모드의 디스 아저씨가 오그에게 말을 걸었다.

"미리 통신병에게서 상황 보고는 받았다만…… 큰일이 벌어졌구나."

우리가 따로 보고할 것도 없이 이미 디스 아저씨에게 보고가 들어간 듯하다.

사용하기 시작하고 시간이 제법 지났으니 알스하이드는 통신기 운용에 상당히 익숙해졌다.

"네. 한 달 후 서로의 존망을 건 게임에 강제로 참가하게 됐습니다. 이런 사태를 피하지 못해 죄송합니다."

오그가 이 사태를 막지 못했던 것을 사과했다.

"사과할 것 없다. 슈투름이 일방적으로 선언했다고 들었다. 그것보다 이 사태를 어떻게 할지인데……."

디스 아저씨가 앞으로의 어떻게 할지 고민했다.

아마도 천은 넘을 재해급 마물들과 전보다 강한 마인.

마인은 우리가 대응한다 해도 재해급 마물들을 방치할 수는 없다.

그렇다고 알스하이드를 필두로 각국의 병사만으로 재해급 마물 무리를 상대하는 것은…….

"이번에 수십 마리의 재해급 마물을 상대로 우리 알스하이드 군은 전멸 직전까지 갔습니다. 그 수십 배의 규모라면……."

"……절망적이기만 하군."

이번에 있었던 수십 마리의 재해급 마물의 상대조차 전멸 직전까지 갔던 사실을 오그가 지적하자 디스 아저씨는 절망이라는 말을 입에 담고서 머리를 감쌌다.

대국 알스하이드 왕의 절망이라는 말에 이곳에 동석한 각국 지휘관들도 입을 굳게 다물었다.

어찌할 수 없는 사태에 회의실에 무거운 분위기가 감돌았다.

그런 절망적인 상황이라면 역시 내가 전력으로 어떻게든 하겠다고 말하려 할 때 먼저 입을 연 사람이 있었다.

"실례합니다, 폐하. 감히 말씀드려도 괜찮겠습니까?"

"뭐지? 도미니크."

입을 연 사람은 가스톨 군무국장이었다.

"네. 이렇게 된 이상 기사의 긍지를 따지고 있을 수 없습니다. 그러니 월포드 군에게 부탁하고 싶은 일이 있습니다만……."

"저요?"

군무국장이 나에게 부탁을? 뭘까?

"월포드 군은 이미 제트 부츠라는 기동력을 대폭 상승시키는 마도구를 제공해주었습니다. 역시나 지금 이상으로 마도구의 힘에 기대는 것은 기사의 긍지에 어긋난다고 생각해 거부해왔습니다만……."

"마도구? 아, 바이브레이션 소드 말이군."

말끝을 흐린 가스톨 국장의 말을 디스 아저씨가 이었다.

"그렇습니다. 솔직히 그 검만큼은 의지하지 않겠다고 생각했습니다만…… 이제는 그런 작은 자존심을 고집할 때가 아닙니다. 그런 걸 고집했다간 세계가 멸망할 겁니다. 그러니 월포드 군, 부디……."

가스톨 국장은 그렇게 말하며 책상에 손을 딛고 고개를 깊숙이 숙였다.

"부디 우리의 검에 그것을 부여해주십시오."

"잠깐! 그러지 마세요, 가스톨 국장님!"

"그렇군. 신 군, 나도 부탁하마."

"디스 아저씨까지?!"

대국 알스하이드의 왕과 군무국장이 고개를 숙이는 이상 사태에 각국 지휘관들은 깜짝 놀랐지만 무슨 생각인지 그들도 내게 고개를 숙였다.

"월포드 군! 그 부여를 우리의 검에도 해주게!"

"부탁일세! 제발!"

"신. 부여라면 할버드에도 할 수 있지? 부탁이야! 우리의 할버드에도 부여해줘!"

다 큰 어른이, 그것도 각국의 높은 자리에 있는 사람들이 내게 고개를 숙이는 광경에 무척이나 당황했다.

"알겠어요! 알겠으니까 고개를 드세요!"

"그런가! 그럼 서둘러……."

"아, 하지만."

"뭐지, 신 군. 뭔가 신경 쓰이는 점이라도 있나?"

빠르게 부여를 부탁하려 한 디스 아저씨에게 꼭 말해둬야 할 일을 알렸다.

“이 싸움이 끝나면 전부 회수하든가 부여를 지울게요. 그러니 관리를 철저히 부탁드려요. 그렇지 않으면……”

“그렇지 않으면?”

“……할머니한테 죽을 거야……”

“다들 들었겠지?! 신 군이 부여해준 무기는 철저하게 관리해라! 알겠나?! 반드시!”

『네!』

내 말을 들은 디스 아저씨가 엄청난 기세로 가스톨 국장과 각국 지휘관들에게 관리를 철저히 할 것을 요구했다.

그 굉장한 기세에 다들 당황했다.

“월포드 군의 할머님이라면 도사 멜리다 님이시죠? 아무리 그래도 죽을 거라는 말은 거창한 것 같은데……”

지휘관 한 명이 그런 있을 수 없는 상상을 말했다.

할머니를 모르는 건가?

“너희는 책이나 연극에 나온 멜리다 스승님밖에 모르겠지만…… 현실은 참혹한 법이지.”

실제로 할머니를 아는 사람 중에서도 디스 아저씨는 특히나 할머니의 무서움을 절실히 알고 있으니까.

조금 그윽한 눈빛으로 현실은 무정한 것이라고 절절히 이야기했다.

"어쨌든 진짜 멜리다 스승님은 상당히 엄격하신 분이다. 그 분의 손자인 신 군에게 불이익이 되는 일에는 특히나."

"그, 그렇습니까?"

디스 아저씨의 말에 가란 씨가 꿀꺽 마른침을 삼켰다.

책과 연극을 통해 미화된 두 사람의 이미지밖에 모른다면 쉽게 받아들일 수 없는지도 모른다.

그리고 오랫동안 할아버지와 함께 은거했었던 할머니의 본질을 모르는 것도 무리가 아니다.

어쨌든.

"정말로 철저하게 관리해주세요. 죽는다는 건 과장이라 해도 어떤 벌을 받을지……."

상상하는 것만으로도 등줄기가 오싹하다.

"신의 사자라 불리는 월포드 군이 이렇게까지 두려워하다니……."

"그렇게 무섭습니까?"

잘 받아들이지 못하는 사람들에게 구체적으로 알기 쉬운 예시를 들어주자.

"할아버지가 무서워할 정도예요."

"혀, 현자님께서?!"

"아, 알겠습니다! 철저한 관리를 약속드립니다!"

할머니는 마도구로 유명하지만 할아버지의 이름은 아직까지도 최강의 대명사다.

그런 할아버지가 무서워한다는 말은 지금까지 잘 와닿지 않았던 지휘관들의 마음에 큰 반향을 준 모양이다.

다들 철저한 관리를 약속해주었다.

"그래, 다행이로군. 이걸로 어떻게든 길이 보일 것 같군."

"네, 폐하. 아직 바이브레이션 소드에 익숙해지는 연습이 필요하겠지만 여기엔 실제로 바이브레이션 소드를 다루고 있는 월포드 군이 있습니다. 그에게 강의를 받으며 연습하면 익숙해지는 것도 시간문제일 겁니다."

"아, 토니도 쓰고 있어요."

"오, 그런가! 그거 든든하군!"

"한 명 더 있어요."

간신히 해결의 실마리를 찾아냈다는 디스 아저씨와 가스톨 군무국장.

나뿐만이 아니라 토니도 다룬다고 말하니 마리아가 한 명 더 있다고 알려주었다.

그러고 보니 한 명 더 바이브레이션 소드를 준 아이가 있었지.

"그러고 보니 미란다한테도 줬구나."

"계속 나하고 같이 마물 토벌했었으니까. 걔도 상당히 잘 다뤄."

흠, 그렇다면 미란다에게도 도와달라고 하자.

올해 기사 육성 사관학교 2학년의 수석이 된다고도 하고.

내 머릿속에서 미란다의 훈련 강제 참가가 결정된 순간이었다.

훈련생이 아닌 교관으로서.

◆

그 무렵, 알스하이드 기사 육성 사관학교에서는.

"에취!"

"왜 그래? 미란다. 감기야?"

"……그럴지도. 살짝 오한이 드네."

신에게서 바이브레이션 소드를 받고, 그 검으로 나날이 마물 토벌에 애쓰는 미란다는 원인 불명의 오한에 떨었다.

◆

슈투름과 인류의 존망을 건 게임에서 이기기 위한 대책으로 각국 병사들의 무기를 바이브레이션 소드로 바꾸기로 정해진 며칠 후.

알스하이드 왕성 내부의 회의실에서 세계 연합 7개국의 국가 원수, 그리고 나와 할머니가 모였다.

그 회의실에는 무거운 분위기가 감돌았고 말을 꺼내려는 사람은 아무도 없었다.

단 한 명을 제외하고는…….

"그래서? 디세움. 오늘 나를 여기로 부른 건 그 이야기를 하기 위해서니?"

국가 원수가 모이는 회의에 참가한 할머니의 압력에 디스 아저씨, 예카테리나 교황, 아론 대통령까지 제자 트리오는 완벽히 위압되었다.

3대 대국의 국가 원수가 할머니의 압력에 밀리는 모습을 보고서 주변국의 국가 원수들도 그 분위기에 휩쓸린 식이었다.

실제로 마법 부여를 하는 것은 나지만 할머니의 의향을 무시한 채 일을 벌이면 나중에 어떤 무서운 일이 발생할지 모른다.

그래서 할머니의 승낙을 받기 위해 이 자리로 불렀는데…….

"네! 세계가 멸망의 위기에 처한 지금, 이 상황을 타개할 수 있는 것은 신 군의 바이브레이션 소드밖에 없다고 생각합니다!"

"……."

"부, 부디…… 허락해주시면 안 되겠습니까……?"

"……."

디스 아저씨의 필사적인 설득을 듣고서도 할머니는 노려보기만 할뿐 아무 말도 하지 않았다.

그 무언의 압박에 디스 아저씨는 꺾일 것만 같았지만 여기서 물러나면 이 세계의 위기를 타개할 수 없다.

그런 마음이겠지. 평소에는 할머니 앞에서 전혀 고개를 들지 못했지만 지금은 식은땀을 흘리며 대치하고 있다.

한동안 그러고 있었지만 할머니가 먼저 입을 열었다.

"아무래도 가벼운 마음으로 한 말은 아닌 모양이구나…… 신."

"응?"

"모두의 검에 부여해주렴."

"괜찮아?! 할머니!"

"그래. 상관없다."

"……하아아. 감사합니다, 메리다 스승님."

간신히 떨어진 할머니의 허락에 디스 아저씨는 긴 한숨을 쉰 후에 감사의 말을 전했다.

그런 디스 아저씨의 감사 인사를 듣고서 각국가 원수들도 안심한 듯한 목소리가 들렸는데…….

"좋아하지 마!"

안심한 표정을 보이는 국가 원수들을 향해 할머니가 소리쳤고, 그 험악한 분위기에 다들 깜짝 놀라 다시 긴장된 표정을 띄우고 말았다.

아니…… 여기 있는 사람들은 국가 원수인데…….

할머니는 왜 화를 낸 걸까? 그리고 왕들은 왜 압도된 걸까?

어떤 의미로는 이상한 광경이지만 아직 할머니의 차례는 계속됐다.

"이야기를 들어보니 확실히 이번 사태를 타개하기 위해서는 바이브레이션 소드를 각국의 병사들에게 쥐어주는 것이 가장 효과적이고 빠르겠지. 하지만……."

거기서 말을 끊은 할머니는 모두를 천천히 둘러본 뒤 말을 이었다.

"너희는 이 무기가 얼마나 강력하고 얼마나 위험한 물건인지 제대로 이해하고 있니?"

말이 없는 국가 원수들에게 할머니가 바이브레이션 소드의 위험성에 대해 이야기했다.

"이 검의 효과는 아까 봤었지? 이 검으로 물건을 자를 때 힘은 필요 없어. 기술도 필요 없지. 이걸 지니면…… 누구든 철을 자를 수 있다."

이 회의에 참가한 국가 원수들은 바이브레이션 소드의 성능을 모르기에 회의 처음에 시범을 보였었다.

그래서 바이브레이션 소드의 예리함은 모두가 알고 있다.

그 편리성도.

"이 검은 말이다, 손에 든 사람이라면 누구든…… 그래, 누구든 다룰 수 있어. 마도구니까. 게다가 특별한 금속으로 만들어진 전설의 검도 아니지. 흔하디흔한 검이 이처럼 강력하기 그지없는 검이 되는 거야."

할머니의 말대로 바이브레이션 소드는 대량 생산이 가능하다.

"그런 무기가 세상에 나돌아봐라. 대체 어떤 일이 벌어질지…… 상상할 수 있겠지?"

바이브레이션 소드는 정말로 믿을 수 있는 사람 이외에 넘겨선 안 된다는 말을 잔뜩 들어왔다.

그래서 지금까지 같은 얼티밋 매지션즈인 토니와 마리아의 친구이자 실제로 면식도 있는 미란다에게만 바이브레이션 소드를 건넸다.

디스 아저씨와 지크 형, 크리스 누나는 친하니까.

저렴하고 대량 생산이 가능하면서 간단히 다룰 수 있는 강력한 마도구라는 할머니의 지적에 안이하게 기뻐하던 국가 원수들이 고개를 숙이고 입을 굳게 다물었다.

아니, 그러니까…… 국가 원수인데…….

"가볍게 생각하면 반드시 뼈아픈 후폭풍을 맞을 거다. 절대 잊으면 안 돼."

『네!』

결국 입을 모아 대답까지 했다고, 국가 원수들이…….

뭐, 할머니는 그런 위험성이 있다 해도 바이브레이션 소드가 마인들과의 결전에서 비장의 수단이 되리라는 것은 알고 있을 테니 결국에는 반대할 생각이 없었을 것이다.

다만 안이한 마음가짐으로 다뤘다간 나중에 문제가 될 가능성이 있으니 처음부터 못을 박아두고 싶었던 모양이다.

나도 설마 이렇게 대량으로 만들어 다른 사람에게 쓰게

할 줄은 꿈에도 몰랐으니, 그런 위험성에 대해서는 전혀 생각해본 적이 없었다.

전부터 걱정했던 할머니의 지적에 모두가 끄덕인 뒤에서야 간신히 이야기가 진행되는가 싶었던 순간.

"하지만 도사님. 그런 위험한 물건이라면 어째서 월포드 군이 이용하는 것은 막지 않으셨습니까?"

할머니에게 고언을 하는 자가 나타났다.

누구야, 할머니가 이해해줬는데 물을 끼얹은 녀석은.

저 사람은…….

"아, 새로운 담 왕이로구나."

"……네, 맞습니다, 도사님."

지난번 담 왕국에서 온 사자가 예카테리나 씨를 찌르는 대사건이 벌어졌다.

다행히 예카테리나 씨의 생명에는 지장이 없었고 마법의 실력이 대단치 않았던 담의 사자가 마인화하려 했던 것으로 그 사자의 행동은 마인에게 조종됐다고 판단되어 그 이상 담 왕국에게 책임을 묻지 않았다.

이스의 경비 체제에도 문제가 있었던 모양이기도 하고.

그러나 지난번의 마인령 공략 작전 이후 거듭된 불상사에 선대 담 왕이 책임을 지고 왕위에서 물러나며 아들에게 그 자리를 넘겨주었다.

새로운 담 왕에겐 국왕이 되고서 처음 맞이하는 외교.

그것도 지금까지 열리지 않았던 세계 수뇌부 회의다.

연달아 벌어진 불상사에도 문책받지 않았지만, 세계 각국의 신용을 실추한 담 왕국.

그래서 어떻게든 자신들의 입장을 되찾고 싶은 마음으로 가득하겠지만…… 물고 늘어질 상대를 잘못 골랐다고.

"우리가 계속 소유해선 안 되지만 손자인 월포드 군은 괜찮단 말씀이군요. 역시 영웅님이시라 해도 자기 손자는 귀여운 법입니까?"

엄청난 도전.

할머니에게 이런 말을 하는 녀석이 있을 줄이야…….

국가 원수이지만!

하지만 할머니는 그런 담 왕의 말을 일축했다.

"뭐? 무슨 말이니, 너?"

"너, 너라니……."

"신에겐 어렸을 때부터 선악에 대해 엄격하게 가르쳤다. 손자를 편애한다는 소리를 들을지도 모르겠지만 신이 나쁜 짓을 하려고 생각할 리가 없지."

"할머니……."

할머니는 항상 엄격하지만 나를 그렇게나 신뢰해줬구나…….

"화, 확실히 손자를 편애하시는군요."

모처럼 감동하고 있었는데 담 왕은 아직 포기하지 않았다.

왜 그렇게 물고 늘어지는 걸까?

내가 그렇게 싫은 걸까?

그렇게 생각하고 있으니 할머니가 말을 이었다.

"애초에."

"뭐죠?"

"바이브레이션 소드는 신이 독자적으로 개발한 물건이야. 자기가 개발한 물건을 지니고 있는 게 뭐가 잘못이라는 거지?"

"큭……."

"그리고……."

자신이 개발한 물건을 자신이 소지하는 것이 뭐가 나쁘냐고 말하는 할머니에게 응수하지 못하는 담 왕.

그리고 할머니는 나를 바라보며 말을 이었다.

"이 아이의 본질을 생각하면 그저 잘 드는 칼 정도는 있으나 마나 한 것이나 마찬가지지."

……어라? 방금까지 감동했는데 저 말로 단번에 감동이 식어가는 기분이…….

감동했던 마음이 급속도로 식어가며 역시 그렇게 평가했구나 싶어 하니 디스 아저씨가 큰소리로 웃었다.

"하하하! 확실히 신 군은 바이브레이션 소드를 가지고 있든 없든 별 차이가 없군!"

할머니의 실례되는 말이 디스 아저씨의 웃음보를 터뜨린 모양이다.

웃음이 멈추지 않는다.

"어, 어째서 느긋하게 웃을 수 있는 겁니까?! 이 검을 지니든 말든 마찬가지라고요?! 그렇다면 저 신 월포드는 무척이나 위험한 힘을 지녔다는 뜻이 아닙니까!"

응. 담 왕의 말은 지당하다.

하지만 그건 말하지 않는 편이 좋았을 것 같은데.

나를 위험시하는 발언을 한 것을 계기로 이곳에 있는 세 사람의 분위기가 달라졌다.

"너…… 세상을 구한 영웅에게 그런 말을 잘도 한데이."

"그렇군. 담 왕국은 신 군을 위험하게 보고 있다는 뜻인가? 지금까지 여러 차례 우리를 구해준 신 군을."

아론 대통령과 디스 아저씨는 할머니의 제자였다.

스승님의 손자를 위험하게 본다는 것이 마음에 들지 않았던 모양이다.

노려보듯 담 왕에게 그렇게 말했다.

두 대국의 국가 원수가 노려보자 담 왕은 순간 멈칫했지만, 이내 마음을 다잡고 반론했다.

"이…… 이거 참, 대국이라 불리는 알스하이드의 왕과 엘스 대통령이신 분께서 이 소년의 위험성에 대해 모르신다니 놀랍군요."

마치 도발하듯이 디스 아저씨와 아론 대통령에게 말했다.

아니, 아론 대통령은 그렇다 치고, 디스 아저씨는 충분히 알 텐데?

애초에 나를 위험하게 여기지 않는 것은 오래 알고 지내 내가 그런 짓을 하지 않는다고 믿어주는 편애가 맞을 것이다.

그러나 이 두 사람에게 그렇게 말한다는 것은 대국을 상대로 싸움을 거는 것이나 마찬가지잖아.

아, 저것 봐. 디스 아저씨와 아론 대통령의 분위기가 험악하게 바뀌었잖아.

"이거 아무래도 담 왕국과 어떻게 지낼지를 다시 고민해보는 게 좋을 것 같데이."

"그런 모양이군."

"뭐?! 무슨?!"

아니, 무슨? 이라니.

내가 볼 때는 할머니에게 고개를 들지도 못하는 한심한 아저씨들이지만 세상이 볼 때는 3대 대국의 국가 원수들이잖아.

그런 사람들을 도발하는 말을 하면 기분이 상하는 것이 당연하지.

"당신들은 모르고 있습니다! 이 강력한 검이 별것 아닐 정도의 힘을 지녔다고 하지 않습니까?! 그런 힘을 가진 자가 우리를 위협하면 어떻게 되겠습니까?!"

항상 생각하는 건데 권력자는 왜 자신의 아군이 지닌 힘을 두려워하는 걸까?

있지도 않은 일로 나쁜 놈으로 몰리는 건 말도 안 된다고.

솔직히 담 왕의 말에 화가 났을 무렵, 어떤 의미로 담 왕이 제일 어려워할 인물이 입을 열었다.

"그만 하세요."

"교, 교황 예하……."

예카테리나 씨가 발언한 것으로 담 왕은 단번에 위축됐다.

"신 군은 우리 이스가 인정한 신의 사자입니다. 진심으로 그런 사자님께서 세계에 재앙을 가져올 거라고 생각하시나요?"

"그, 그건……."

담 왕국과 이스는 창신교를 깊이 신앙하는 종교 국가로 이스의 국가 원수가 창신교의 교황이다.

담 왕국과 이스에게는 명확한 상하 관계가 있다.

상위국의 국가 원수이자 창신교의 교황이 쓴소리를 하면 담으로서는 할 말이 없을 것이다.

방금 그 기세는 어디로 갔는지 담 왕은 입을 다물었다.

"게다가 신 군은 제 목숨을 구해준 은인입니다. 그런 은인을 자신의 확신으로 악인으로 여기려는 건가요?"

"아, 아니요! 결코 확신한 것은……."

"그리고."

필사적으로 변명하려는 담 왕의 말을 가로막은 예카테리나 씨는 최후의 한 마디를 건넸다.

"저를 찌른 건 당신 나라 사람입니다."

"아…… 그, 그건……."

"마인에게 조종당했다 하지만, 당신 쪽 나라의 사람이 저지른 짓입니다. 그것을 빌미로 신 군을 악인으로 여기려 하다니…… 대체 무슨 생각이신가요?"

"……그, 그건…… 그자는 마인에게 조종당했을 뿐이라 우리의 책임이……."

"진심으로 그런 말을 하는 건가요? 당신의 나라의 정세가 어지러워 마인이 끼어들 빈틈을 보였다는 말씀인가요?"

"크……."

정말이지 찍소리도 할 수 없을 것이다.

고개를 숙인 채 새빨개진 얼굴로 이를 악물었다.

……너무 내몬 것 아닌가?

한 나라의 국가 원수가 이런 창피를 당하고도 가만히 있을까?

그런 걱정을 품었을 때 중재하는 목소리가 들렸다.

"그만해라."

이 말다툼을 보고만 있을 수는 없었겠지. 할머니가 담 왕 몰매 현장에 끼어들었다.

"일대일의 토론이라면 몰라도 여럿이서 한 명을 공격하는 건 좋지 않구나. 마치 괴롭히는 것 같잖니."

"""아, 아니요! 그런 생각은!"""

세 사람의 목소리가 하나가 됐다.

할머니가 그렇게 무서운가?

……무섭긴 하지.

"괴, 괴롭힘…… 내가 괴롭힘당했다고……."

담 왕도 자신이 괴롭힘을 당하는 것처럼 보인 사실이 충격이었던 듯하다.

아까부터 무언가 중얼거린다.

한 나라의 왕자로서 자라 지금까지 괴롭힘을 당한 적이 없겠지.

그렇게 지금껏 있을 수 없었던 일이 실제로 벌어졌다.

그걸 용서 못하지는 않을까? 그렇다면 담 왕의 상태는 조금 위험할지도…….

"솔직히 말해 신의 힘은 이상하지. 신이 조금이라도 야심을 품었다간 세계 정복도 순식간에 해버릴 정도야."

"잠깐! 할머니는 누구 편이야?!"

담 왕을 걱정하고 있으니 할머니가 예상치 못한 배신을 했다.

"이야기는 끝까지 들어야지. 하지만 그건 신이 힘을 잘못 다루게 되었을 경우야. 아까도 말했지만 나는 신을 엄격하게 가르쳤다. 지금 그 결과가 나오고 있는 것 아니니?"

할머니는 담 왕에게 말을 걸고서 고개를 든 담 왕을 똑바로 바라보며 다시 입을 열었다.

"인류의 위기에 자신의 지식을 제공하는 것으로. 그리고 자신이 직접 최전선에 서는 것으로 말이야."

"그, 그건……."

"여기에 있는 다른 사람 중에서도 신의 힘을 우려하는 이가 있을지도 모르지. 하지만 지금은 날 믿어줄 수는 없겠니? 만약 신이 길을 잘못 든다면 나와 멀린이 목숨을 걸고 신을 막으마."

"나, 나는 그런 짓 안 해!"

"알고 있어. 우리는 널 믿고 있단다. 그러니 목숨을 건다는 말을 간단히 할 수 있는 거지."

"할머니……."

이런…… 눈물이 나올 것 같잖아…….

"어때, 나를 믿어줄 수는 없겠니?"

울려고 하는 나를 내버려 두고 담 왕에게 다시 말을 거는 할머니.

담 왕은 한동안 할머니를 노려본 뒤.

"……흥."

그렇게 말하며 고개를 돌렸다.

솔직히 그 태도가 마음에 안 들었지만 할머니는 그걸로 담 왕이 물러났다고 판단한 듯하다.

"자, 너희도 이걸로 끝이다. 빨리 이야기를 진행하렴."

""""네!""""

여전히 할머니에게 순종적인 세 사람.

이 세 사람이 할머니의 말을 따르는 것으로 그 후의 회의는 원만하게 진행됐다.

바이브레이션 소드를 사용할 때는 특별한 기술이 필요 없다.

다만, 주의할 점과 사용하는 요령은 있다.

그것을 실제로 사용하고 있는 나와 토니, 미란다 셋이서 가르치게 됐다.

토니는 이번 결전에서 바이브레이션 소드를 사용하게 된 것이 정해졌을 때 그 자리에 있었으니 괜찮겠지만 미란다에게는 아직 이야기하지 않았지.

나중에 말해둬야겠다.

회의는 원만하게 진행됐지만 신경 쓰이는 점이 있었다.

물러난 것으로 보였던 담 왕은 회의 도중 「그래」 라든가 「알았다」 하고 짧은 말밖에 하지 않았다.

이건…… 역시 진심으로 이해해 준 건 아니겠지…….

그런 약간의 불안을 남긴 채 한 달 후 마인과의 결전을 대비한 수뇌부 회의는 끝났다.

참고로…….

할아버지는 마도구에 대해서는 도움이 안 되니 집을 보고 있었다.

◆

신은 게이트를 이용해 회의를 마친 국가 원수를 각국으로 데려다주었다.

그중에는 담 왕국의 새로운 왕도 포함되어 있었다.

담 왕국으로 돌아간 담 왕은 자신의 방으로 돌아간 뒤 가까이에 있던 쓰레기통을 걷어찼다.

"감히! 짐이 괴롭힘 당했다고?! 평민 주제에 도사라고 불린다고 우쭐대서는!"

멜리다는 영웅으로 칭송되며 도사라는 칭호로 사랑받아 왔지만 신분은 평민.

그 평민이 자신을 설복하고 감쌌으며, 타일렀다.

왕족으로서 지금까지 응석을 부리며 살아온 담 왕에겐 더할 나위 없는 굴욕이었다.

그런데도 회의 때 억누를 수 있었던 것은 창신교의 교황인 예카테리나가 멜리다에게 공손했기 때문이다.

예카테리나가 신자로서 수행하던 시절, 당시 영웅이었던 멜리다의 밑에서 수행했다는 것은 유명한 이야기.

그 여행에 후에 엘스의 대통령이 된 아론과 당시 이미 알스하이드의 왕태자였던 디세움이 함께였던 사실도 잘 알려져 있다.

"세 대국의 지도자를 길들였다고 세계를 장악했다고 생각하는 건가?! 그 암여우!"

담 왕은 일곱 나라의 국가 원수가 있는데도 마치 자신이 제일 잘났다는 듯이 행동한 멜리다가 마음에 들지 않았다.

자신의 방에서 울분을 풀려고 날뛴 뒤 거친 숨을 내쉬고 있을 때 갑자기 누군가가 문을 두드렸다.

"누구냐?!"

"저입니다. 카툰입니다."

"……들어와라."

잠시 얼굴을 찡그렸지만 바로 평상심을 유지한 뒤 입실 허가를 내려 방문객을 맞이했다.

"실례하…… 앗! 이게 다 무슨 일입니까?!"

"시끄럽다. 그래서 무슨 일이지?"

"네? 아, 네. 군부를 맡은 책임자로서 회의 결과를 일찍 알아두려 합니다만."

히죽히죽 가벼운 미소를 떠올리며 방에 들어온 남자는 담 왕에게 그렇게 답했다.

국왕을 대하는 태도로는 보이지 않는 행동에 미간을 찌푸린 담 왕.

그러나 담 왕은 그 태도에 대해 언급하지 않았다.

방에 들어온 남자는 히이로 카툰이라는 이름으로 원래 담 왕국 기사단에 소속한 검사였지만, 최근 반년 동안 갑자기 마법의 재능에 눈을 떴다.

카툰은 검술 실력은 대단하지 않았지만 검과 마법을 병용하는 것으로 주위를 압도했다.

순식간에 담 왕국군 전력의 톱으로 뛰어올랐다.

지난 마인령 공략 작전 때 군의 지휘자가 정예 병력을 끌

어들여 폭주하는 바람에 전력이 현저하게 저하된 담 왕국으로서는 기쁜 일이기는 했다.

그러나 이 히이로 카툰이라는 남자는 평판이 그다지 좋지 않았다.

그 평판이란.

자신을 특별한 존재로 여김.

이따금 황당한 말을 하거나 저지름.

신을 이상할 정도로 적대시한다고 함. 등이 있다.

나라에서 최강의 무력 집단인 군대를 이끄는 인물을 선출할 때는 실력도 당연히 필요하지만 그 이상으로 인간성을 중시할 필요가 있다.

그러나 지금 이 담 왕국 내에서 카툰 이상의 실력자는 없었다.

그래서 인간성에 다소 문제가 있다 해도 담 왕은 어쩔 수 없이 이 남자를 군부의 최고 책임자인 군무사령장관에 임명했다.

"그럼 폐하. 결과가 어떻게 됐습니까?"

"아, 그게 말이다……."

개인의 호불호는 차치하고 군부의 책임자로 임명한 것은 자신이니 이번 회의의 결과를 전달해야만 한다.

담 왕은 회의에서 결정된 사실을 카툰에게 알렸다.

"허…… 그렇게나 굉장한 무기가 있습니까……?"

"그래. 게다가 그 후에는 우리는 소지할 수 없지만 손자에게는 허락한다더군. 거기에 교황 예하까지 찬성하셔서……."

회의에서 있었던 일을 떠올렸는지 다시 불쾌한 표정이 된 담 왕.

"뭐, 그 일은 나중에 천천히 이야기하죠. 그것보다……."

카튼은 방금까지 히죽이던 미소를 지우고 중얼거렸다.

"제트 부츠에 이어 이번엔 굉장한 무기……."

그렇게 중얼거린 카튼은 쳇 하고 혀를 찼다.

"그 굉장한 무기…… 빨리 보고 싶군요……."

회의에서 있던 일이 떠올라 화가 난 담 왕은 카튼이 의미를 알 수 없는 말을 한 사실을 딱히 신경 쓰지 않았다.

◆

알스하이드 왕도에 있는 3대 고등학원 중 하나인 기사 육성 사관학교.

이 학원은 기사단의 사관을 육성하는 학원이다.

기사단 사관은 지휘 능력뿐만이 아니라 그에 어울리는 무술 실력도 요구된다.

그래서 학생들은 나날이 힘들고 괴로운 훈련을 받는다.

그런 전통 있는 기사 육성 사관학교에서 기사단의 아이돌과 같은 존재인 크리스티나 헤이덴 이후 학원 사상 두 번째가 되는 여학생 학년 수석이 탄생했다.

그 이름은 미란다 월레스라 하며 동급생들은 그녀를 따라잡거나 추월하는 것을 목표로 나날이 절차탁마하고 있다.

그런 어느 날.

"야, 미란다."

"왜?"

같은 S클래스에 소속한 남자가 미란다에게 말을 걸었다.

무슨 일인지 물으니 남학생은 분개한 듯이 거친 목소리로 말했다.

"왜라니!"

짜증 난 남학생의 목소리에 미란다는 눈썹을 찡그렸지만…….

"대체 언제쯤 마법 학원의 여자애를 소개해줄 거야?!"

"……."

이 남학생의 말에 한없이 맥이 빠지고 말았다.

2학년 진급 때 학년 수석이 된 미란다는 그 자리를 빼앗으려는 남학생들로부터 항상 도전을 받을 줄 알았다.

그러나 다들 도전은커녕 마법 학원의 여자아이를 소개해 달라는 남자의 욕망으로 가득한 말뿐이었다.

확실히 미란다는 고등 마법 학원의 학생이자 얼티밋 매지션즈인 마리아와 친해져 지금은 친한 친구라 불러도 좋을 정도의 사이가 됐다.

여자와의 접점이 적은 기사 학원의 남학생에게는 동급생인 미란다가 마법 학원의 여자아이와 접점을 지닌 상황은 더할 나위 없는 기회로 보였다.

그래서 미란다의 동급생들은 집요하게 마법 학원의 여자아이를 소개해달라고 졸라댔다.

"……하아."

"뭐, 뭐야?"

너무나도 필사적인 남학생의 표정에 자신도 모르게 한숨이 나온 미란다.

기사 학원의 학생은 자신의 육체와 검술을 단련하는 성질상 대외적으로는 심신이 건강하다는 인상이 있다.

그러나 이곳에 있는 학생들은 열다섯 살에서 열여덟 살.

한창 혈기왕성한 사춘기일 때다.

게다가 남녀 비율을 고려하면 재학 중인 남학생의 대부분은 이성에 굶주린 상태다.

미란다는 그런 남학생 한 명을 차갑게 식은 눈으로 바라보며 말했다.

"저기 말인데, 확실히 나는 마법 학원의 마리아와 친해. 하지만 마법 학원의 아는 여자애들도 전부 얼티밋 매지션즈뿐이야."

"그, 그래?"

"뭐야? 얼티밋 매지션즈의 여자애를 소개해달라는 거야?"

"아, 아니, 그건……."

얼티밋 매지션즈라고 하면 지금은 알스하이드뿐만 아니라 세계적으로도 모르는 사람이 없을 정도로 유명한 존재다.

그런 존재에게 손을 댄다면…….

"목숨 아까운 줄도 모르네."

"윽……."

마리아를 포함한 얼티밋 매지션즈에서 짝이 없는 여자들은 상시 남자 친구 모집 중이지만 세간에서 그들을 신성시하는 탓에 만약 손을 대는 자가 있다면 주변에서 어떤 제재를 가할지 상상할 수 없다.

"제길…… 모처럼 여자애와 가까워질 기회라고 생각했는데!"

자신에게 학년 수석을 빼앗겼을 때 이상으로 분개하는 남학생.

그 꼴사나운 모습에 미란다는 자신도 모르게 한숨을 쉬었다.

"하아…… 그럼 말이지, 그 주변 사람들조차 받아들이도록 하겠다는 생각은 안 해?"

얼티밋 매지션즈 여자애들과 비교해도 손색이 없을 정도로 노력하려는 생각은 어째서 하지 않느냐는 미란다의 말에 눈이 휘둥그레진 남학생.

"그렇구나! 얼티밋 매지션즈 여자아이와 사귀어도 손색이 없는 사람이 되면 되는 거야!"

그 남학생의 말에 주위에서 이야기를 듣던 남학생들이 반응했다.
"야! 그거 진짜야?!"
"열심히 하면 얼티밋 매지션즈의 여자아이를 소개해준다고?!"
"어? 아니, 그런 말은 한마디도……."
자신의 말을 곡해해서 받아들인 남학생들에게 당황한 미란다.
"우오오! 해내겠어!"
"웃기지 마! 소개받는 건 나라고!"
"아니, 나야!"
미란다는 그런 말은 한마디도 하지 않았는데 여자아이와 친해지고 싶다는 강한 욕망이 있는 남학생들은 미란다의 말을 그렇게 받아들이고 갑자기 의욕을 냈다.
그 광경을 지켜본 미란다는.
"……왜 이렇게 바보들일까."
진심으로 바보를 보는 눈빛으로 남학생들을 보았다.
그리고 미란다는 멋대로 의욕을 불태우는 남학생들을 보며 어떤 사람의 말을 떠올렸다.
『여자는 여기에도 있는데, 저는 여자가 아닙니까?!』
미란다가 존경해마지않는 기사단의 아이돌, 크리스티나의 절규였다.

지금은 모두가 동경하는 기사단의 아이돌도 학원생 시절에는 주변 남자들로부터 여자 취급을 받아본 적이 없어 지금까지도 그 일을 가슴에 품고 있다.

미란다는 지금 그런 크리스티나의 말에 진정으로 공감했다.

"나도 여자인데……."

그렇게 중얼거린 것을 들은 일부의 남학생은 잠시 미란다를 바라보며 「이 녀석, 지금 무슨 소릴 하는 거야?」 하는 표정을 한 뒤 다시 의욕을 불태웠다.

그 반응에 내심 화가 치밀은 미란다는 무슨 일이 있어도 이 녀석들에게 여자를 소개해주지 않겠노라고 다짐했다.

그런 사실도 모르는 남학생들이 떠들고 있을 때, 갑자기 교실 문이 열렸다.

"왜 이렇게 시끄럽나!"

떠드는 남학생들을 보고 들어온 교관이 소리쳤다.

그 교관은 기사 학원에서 교편을 잡은 사람답게 기골이 장대해 박력이 있었다.

조용해진 교실을 둘러본 교관은.

"정말이지 너희들은…… 조금 더 영광스러운 기사 학원의 학생이라는 사실을 자각해라! 이 바보 같은 녀석들!"

교관에게 대드는 사람 하나 없이 다들 고개를 숙이고 조용해졌다.

그 광경에 더욱 한심하다는 생각이 든 미란다에게 교관이 말을 걸었다.

"그것보다 미란다 윌레스는 있나?"

"아, 네! 여기 있습니다!"

"학원장님께서 부르신다. 서둘러 학원장실로 가도록."

갑자기 지명된 것도 놀랐지만 그 내용이 더욱 놀라웠다.

학원장실로 호출.

너무 놀란 나머지 대답하지 않고 있자 교관이 소리 높여 말했다.

"대답 안 하나?!"

"네, 넷! 알겠습니다! 미란다 윌레스, 지금 바로 학원장실로 가겠습니다!"

다급히 경례한 미란다는 교실을 뛰쳐나와 학원장실로 향했다.

그것을 지켜본 교관이 교실을 나가자 교실에 남겨진 남학생들이 당황했다.

"미란다 녀석, 무슨 짓을 저지른 거야?"

"잘 모르겠지만…… 학원장님이 부르는 건 여간 일이 아니라는 거라고."

"설마…… 퇴학당하는 건 아니겠지?"

교관의 호출을 받는 것은 이따금 있지만, 학원장님에게 호출을 받는 것은 어지간한 일이 아니다.

남학생들 사이에서 학원장님의 호출을 받은 미란다를 걱

정하는 목소리가 나왔다.

"미란다가 퇴학당하면…… 얼티밋 매지션즈의 여자아이를 소개받을 연줄이……."

"그래…… 그렇게 되면……."

"중대한 사태로군……."

이러나저러나 머릿속이 여자 생각으로 가득한 남학생들이다.

"으…… 대체 무슨 일이람."

교실에서 남학생들이 정말이지 너무한 걱정을 한다는 사실을 알 길이 없는 미란다는 학원장실 앞에서 어째서 호출을 받았는지 모르는 채 불안한 마음으로 서 있었다.

쉽게 학원장실의 문을 두드리지 못하고 있었지만 이내 마음을 굳히고 노크했다.

"네."

"미, 미란다 월레스입니다!"

"오, 왔군. 들어와라."

"시, 실례하겠습니다."

안에서 들린 것은 예상 밖으로 기분이 좋아 보이는 학원장님의 목소리.

그 사실에 의아해하면서도 학원장실의 문을 열고 안으로 들어갔다.

그곳엔 기사단원 출신인 학원장님이 있었다.

은퇴하고 제법 지났지만 기사단원 출신의 커다란 몸과 전장에 몸을 담갔던 사람 특유의 날카로운 눈빛을 지닌 학원장님에게 압도될 것만 같은 미란다.

"왔군. 앉으렴."

"네! 시, 실례하겠습니다!"

잔뜩 긴장한 미란다를 배려했는지 보기와는 다르게 자상한 말로 소파에 앉게 한 학원장님.

왜 불렀을까? 하는 의문을 품으면서도 소파에 앉은 미란다.

긴장의 끈을 놓지 않는 미란다를 본 학원장님은 쓴웃음을 지으며 말했다.

"갑자기 학원장실에 불렀으니 긴장하는 것도 무리는 아니겠지만 안심해라. 딱히 널 혼내려고 부른 게 아니다."

"그, 그런가요?"

"뭐지? 뭔가 혼날만한 일이라도 저질렀나?"

"아, 아니요! 절대로 그런 짓은!"

학원장님은 다급히 일어난 미란다를 보고서 웃으며 이야기를 계속했다.

"하하하. 그건 알고 있다. 끊임없는 노력으로 학년 수석이 된 너에 대해서는 많은 얘기를 들었다."

"네에."

"얼티밋 매지션즈의 『전처녀』 마리아 님과 친하다고?"

"아, 알고 계셨나요?"

“그리고 『마왕』 월포드 님께 특별한 무기를 받았다는 것도 말이다.”

그렇게 말한 학원장님은 미란다의 얼굴을 가만히 바라보았다.

그 시선에 미란다는 마음이 진정되지 않았다.

신에게서 받은 바이브레이션 소드라는 물건은 기사단에서는 꼼수나 마찬가지인 무기로 여겨 받아들이지 않은 물건이다.

그런 무기를 받아 사용한 것을 혼나는 것이 아닐까? 아니, 아까는 혼내기 위해 부르지 않았다고 했는데…… 하지만 어째서 지금 그 이야기를 하는 걸까? 등등 다양한 생각이 머릿속을 빙빙 돌았다.

잔뜩 혼란스러워하는 미란다를 보고서 훗 하고 미소를 흘린 학원장님.

“안심해라. 혼내거나 벌을 주기 위해 부른 건 아니라고 했지?”

“그, 그럼 무슨 일이신가요?”

“음. 앞서 구 제도에서 재해급 마물이 다수 출현하고 새로운 마인까지 나타났다는 이야기는 알겠지?”

“네. 지금 왕도가 그 이야기로 떠들썩하니까요.”

“그리고 마인의 우두머리인 올리버 슈투름이 인류의 존망을 건 전투를 벌이자고 했던 일도.”

“네…….”

지금 알스하이드 왕도뿐만 아니라 전 세계가 그 이야기로 떠들썩하다.

인류의 존망을 건 싸움.

거기서 이기면 된다.

그러나 진다면…….

"이 전투는 반드시 이겨야 한다."

"네."

"그래서 각국 수뇌부가 회의한 결과…… 네가 월포드 군에게서 받았다는 무기, 그것을 각 군에 배포하기로 정해졌다."

"그, 그랬군요……."

지난 수뇌부 회의에서 정해진 내용을 평범한 학생인 미란다에게 이야기하는 학원장님.

무슨 이야기를 하고 싶은지 알 수 없고, 애초에 그런 국가기밀 같은 이야기를 자신에게 해도 괜찮은 걸까?

들어선 안 되는 이야기를 들은 것 같아 미란다의 표정이 굳어졌다.

그런 미란다의 상태를 모르는지 계속해서 이야기를 이어나가는 학원장님.

"음. 상당히 강력한 무기라고 들었다만 그 무기의 사용 방법을 가르칠 수 있는 사람이 얼마 없다더군."

미란다는 거기까지 듣고서야 이해하기 시작했다.

그리고 말도 안 되는 결론에 도달했지만, 바로 그 생각을 머릿속에서 지웠다.

아무리 그래도 자신이 각국군에게 바이브레이션 소드를 사용하는 방법을 알려준다니…….

"그래서 평소에도 그 무기를 사용하는 월레스에게 각국군의 지도를 해줬으면 한다는 요청이 왔다."

"말도 안 되는 전개가 벌어졌어?!"

방금 너무나도 말도 안 되기에 머리에서 지웠던 것을 학원장님이 그대로 제시했다.

"뭐냐. 이미 예상했었나. 그럼 이야기가 빠르지. 한동안 학원은 출장 처리를 해줄 테니 인류를 위해 열심히 노력해라. 왕성에서 온 사자가 너희 집으로 간다고 하니 자세한 이야기는 그 사람에게서 듣도록. 이야기는 이상이다."

미란다에게 거부할 권리가 없는, 이미 정해진 사항인 듯했다.

"시, 실례했습니다……."

휘청휘청 학원장실을 나온 미란다는 한동안 멍했지만 이렇게 된 요인을 떠올리고는 원한을 담아 중얼거렸다.

"워, 월포드 녀석……."

미란다는 나중에 꼭 신에게 불만을 늘어놓으러 가겠노라 다짐했다.

제3장 과거의 위인과 해결책

할머니의 독무대였던 수뇌부 회의가 끝나고 각국의 국가 원수들을 게이트로 돌려보낸 뒤 집으로 돌아왔다.

국가 원수들은 마중할 때도 사용했던 게이트 마법을 편리하다고 감탄했지만 담 왕만큼은 무척이나 경계하는 눈빛이었다.

간단히 공격해올 수 있지 않은가, 하고 중얼거렸지.

이제는 좀 이쪽에 그런 의사가 없다는 것을 이해해줬으면 좋겠다.

그보다 게이트를 사용하는 건 우리밖에 없으니 게이트를 사용해 습격한다면 범인이 우리라는 것이 금방 들키잖아.

그런 바보 같은 짓은 안 한다니까.

"하아…… 피곤해라……."

"그러고 보니 그렇게나 직접적으로 적의를 보내는 사람을 만난 건 처음 아니니?"

집으로 돌아온 순간 피로가 몰려와 한숨을 쉬자 할머니가 그런 말을 했다.

"그럴지도요."

그러고 보니 내가 없는 회의에서는 이런저런 소리가 나왔다고 했지만, 직접 들은 것은 처음이었다.

다들 어째서인지 나를 과도할 정도로 칭찬하니 그게 당연하다고 생각해 우쭐댔는지도 모른다.

"신 군, 왜 그래요?"

"뭐냐. 무슨 일 있었어?"

나와 할머니의 대화를 들은 시실리와 할아버지가 무슨 일이 있었는지 물었다.

나는 걱정 끼치기도 그래서 말할지 말지 망설였지만 할머니가 전부 설명했다.

"그렇구먼……."

"그럴 수가! 너무해요! 신 군을 그런 식으로 말하다니!"

묘하게 수긍하는 표정의 할아버지에 비해 시실리는 무척이나 화를 냈다.

"신 군은 그 굉장한 힘을 인류에게 도움이 되도록 쓰려고 노력하고 있는데!"

울먹이며 나를 위해 화를 내준 시실리.

그런 시실리의 태도는 기쁘지만 계속 화를 내는 모습은 그다지 보고 싶지 않아 옆에 앉은 시실리의 머리를 쓰다듬어 달래주었다.

"으……."

머리를 쓰다듬자 조금은 진정됐는지 시실리는 언성을 높

이지 않게 됐지만 아직 화가 다 풀리지 않은 듯했다.

그런 시실리를 본 할아버지가 타이르듯 말했다.

"시실리 양, 그렇게 신을 위해 화를 내주는 건 정말이지 기쁘다만 이건 어느 정도 예상했던 일이란다."

"예상했던…… 일이요?"

"그래. 시실리 양이 보기에 신은 어떻지?"

"네?! 그, 그건…… 강하고 자상하고 머, 멋지고 듬직하고……."

"아, 응. 그게 아니라 신의 마법이라든가 만들어내는 마도구, 그런 것들을 어떻게 보는지 묻는 거다만……."

"아! 그, 그랬군요!"

할아버지의 말을 오해하고 대답해버린 시실리가 새빨개졌다.

귀엽네, 진짜.

"그, 그러네요…… 신은 저희 중 누구도 생각해보지 않았던 것을 항상 떠올리니 굉장한 것 같은데요……."

"흠. 아마 신과 친한 사람이라면 그렇게 생각하겠지. 특히 시실리는 신을 특별하게 생각할 터이니."

"아으……."

"허허, 그건 좋은 일이야. 하지만……."

얼굴이 붉어진 시실리를 보고서 만족스러워한 할아버지가 말을 끊었다.

"신을 잘 모르는 사람이 볼 땐 그 이상할 정도의 힘이 어떻게 보일지…… 상상할 수 있겠나?"

"그, 그건……."

할아버지의 살짝 짓궂은 질문에 시실리는 말문이 막혔다.

"아군일 땐 좋지만 적이 됐을 때를 상상하는 사람은…… 안타깝지만 반드시 나오겠지."

"그, 그럴 수가!"

"그럴 수도 있단다. 역사가 그걸 증명하고 있지."

"……다들 너무해요. 신 군이 모두의 적이 되는 일은 절대로 없는데……."

시실리는 어지간히 분했는지, 이제는 눈물이 흘러 떨어질 것만 같았다.

"우리는 그렇다는걸 안단다. 그러니 딱 부러지게 말했지. 하지만……."

할머니는 실제로 국가 원수를 상대로 딱 부러지게 말했다.

지켜보던 나조차 믿을 수 없을 정도로.

그러나 역시 할머니도 말끝을 흐렸다.

"한 번 싹튼 의심은 쉽게 사라지지 않는 법이지. 그 담의 국왕이 이상한 생각을 하지 않았으면 좋겠는데……."

할머니의 말에 모두가 입을 다물었다.

떠날 때의 상태로 보아 아직 받아들이지 못한 듯했다.

이번 마인과의 결전이 무사히 우리의 승리로 끝난다 해도 무슨 사건이 벌어질 것만 같은 예감이 든다.

예를 들어…….

"바이브레이션 소드를 흉내 내서 복제한다거나."

마법을 부여해 빌려주면 특성을 조사해 복제하지는 않을까?

설마 그런 행동을 하는 사람이 있을 거라고는 생각하지 않았지만, 점점 걱정이 든다.

그런 걱정을 말하니 할머니가 황당하다는 시선을 보냈다.

"애초에 어떤 문자를 부여해여 그런 섬세한 초고속 진동을 만들어 낼 수 있는지 원리를 모르니 걱정할 것 없다."

"그래?"

"그럼. 정말이지 어디서 그런 지식을 습득했는지……."

그런가.

이쪽 세계에도 초음파는 있지만, 그 지식은 없다.

나는 색적 마법을 레이더를 상상해서 사용하지만 다른 사람들은 자신의 마력에 다른 마력이 접촉하는 것으로 알 수 있는 정도다.

그렇다면 바이브레이션 소드를 복제할지도 모른다고 걱정할 필요는 없으려나.

애초에 마도구는 흉내는 낼 수 있어도 복사는 할 수 없…….

응?

어라? 복사할 수 없어?

그렇다면 한 가지 이해할 수 없는 마도구가 있는데.

"저기, 할머니."

"뭐니?"
"시민증은 누가 만들어?"
처음에 마력을 인식시킨 사람 이외에 기동할 수 없으며 이것만큼은 전생의 물건보다 뛰어나다고 할 수 있는 완전무결한 신분 증명, 시민증.
그런 굉장한 마도구는 대체 누가 부여하는 걸까?
시민증을 손에 넣은 처음엔 아직 현재의 마도구사의 일반적인 수준을 알 수 없었다.
할머니는 은거했으니 현역 마도구사들이 더 높은 기술을 지니고 있어 그 사람들이 부여하고 있을 것이라고 생각했다.
그러나 현실은 지금까지도 할머니가 마도구사의 최고봉.
다른 마도구사들은 할머니를 뛰어넘기는커녕 발전이 없어 퇴화하고 있다는 느낌조차 들었다.
그런 상황에서 어떻게 시민증 같은 고성능 마도구를 만들고 있을까?
그런 의문을 던지니 할머니는 살짝 곤란한 표정을 했다.
"시민증 말이니……."
뭘까, 대답하기 어려운 일인가?
할머니는 한동안 생각에 잠긴 뒤 시민증에 대해 말해주었다.
"그 시민증은 이제는 잃어버린 기술로 만들어진 거란다. 그러니 어떻게 만드냐고 물어도 모른다고 답할 수밖에는 없지."
"잃어버린 기술?"

"그래. 시민증은 다른 마도구와 비교해서 상당히 고성능의 물건이지?"

"응."

신분 증명만이 아니라 마물 토벌 기록에 은행 계좌 관리까지.

이런 물건은 전생에서도 없었으니 굉장한 기술이라고 생각했었다.

"지금부터 2백 년 전일까. 어떤 작은 나라에 천재라 불린 마도구사가 있었단다."

"응? 들어본 적 있는 것 같은데……."

"할머님, 그거 혹시 천재 마도구사 마시타 말인가요?"

과거 실존했다는 천재 마도구사 코노 마시타.

그 위업은 옛날이야기가 되어 그림책이나 동화의 소재가 됐다.

나도 어렸을 때 이쪽 세계의 문자를 배우기 위해 읽었던 적이 있다.

하지만 어째서 지금 그 이야기를 하는 거지?

"시민증은 그 마시타가 만든 마도구지."

"어?!"

말도 안 돼! 아무리 천재 마도구사가 개발했다지만 실제로 시민증을 만든다면 누군가가 마법을 부여해야만 할 거라고.

설마…….

"혹시 마시타는 지금도 살아 있어?"

"무슨 바보 같은 말이니? 그럴 리가 없잖아."

"그럼 어떻게 된 거야?"

사실 마시타가 지금도 살아 있어서 시민증을 부여하는 것인가 싶었다.

하지만 만약 그렇다면 2백 살을 넘었다는 뜻이다. 그럴 리가 없다.

그럼 누가 부여하는 거지?

"마시타가 만든 마도구는 전부 훌륭한 것들이었지. 하지만 한 가지 문제가 있었단다."

"그건 나도 알아."

"저도 알아요. 그건……."

그렇다. 이것도 유명한 이야기다.

""부여 기술이 너무 특수해서 아무도 그 기술을 계승하지 못했다.""

"그래."

이것을 바탕으로 마시타의 이야기는 전기가 아닌 동화로 전해진다.

실제로 존재했는지도 의심스럽다는 사람까지 있을 정도다.

"마시타가 만든 마도구에는 상당히 위험한 물건도 있다지. 그래서인지 마시타는 생애 제자를 두지 않아서 그 기술을 누구에게도 전승하지 않았단다."

고고한 천재. 유일무이한 존재. 그런 식으로 전해진다.

"그런 마시타의 마도구이지만 그중에서도 위험성이 없어 전 세계에서 꼭 달라고 한 것이 있었지."

"그게……."

"그래, 시민증이야. 그때까지 자신이 만든 마도구가 세계에 위험을 가져올지도 모른다고 생각했던 마시타는 그제야 세상에 도움이 되는 발명을 할 수 있었다는 사실에 기뻐했다지. 그래서 세계 각국의 각 도시에서 대량의 의뢰를 받기로 했단다."

지금까지 전쟁의 도구로 쓰이는 마도구만 만들었지만, 일반 시민의 도움이 되는 마도구를 만든 것이 기뻤겠지.

어쩐지 마시타의 심정이 이해된다.

그리고 할머니는 이야기의 핵심을 말했다.

"하지만 마시타가 살아 있는 동안엔 괜찮았지만, 사람의 수는 계속 늘어났지. 마시타가 죽은 후에도 말이야. 그 사실을 걱정한 마시타는 어떤 물건을 만들었단다."

"어떤 물건?"

"시민증의 자동 마법 부여 장치야."

"자동 마법 부여 장치?!"

그게 뭐야?! 2백 년도 전에?! 완벽한 오버 테크놀로지잖아!

"그 자동 부여 장치를 양산해 각국에 나눠주는 것으로 지금도 시민증을 만들고 있어. 하지만 결국 그 자동 마법 부여 장치를 만드는 방법도 알려주지 않은 채 사망했으니 지금도 그 기술은 밝혀지지 않았지."

"하지만 그럼 만에 하나 망가지기라도 한다면……."

"과거에 몇 번인가 망가지거나 망가뜨리고 도둑맞은 적도 있었단다. 그럴 경우에는 옆 도시로 시민증을 만들러 가야 하니 시민증 자동 마법 부여 장치가 망가진 도시는 신규 발행에 시간이 걸리지."

그랬구나.

시민증에 그런 이야기가 있었을 줄이야…….

"시실리, 알고 있었어?"

"아니요. 처음 들었어요. 그보다 마시타의 마도구는 전혀 남아 있지 않다고 알려져서……."

"나도 책에서 읽은 적 있어. 설마 이렇게 가까이에 있었을 줄이야."

시실리도 몰랐다는 시민증의 발명자.

산속에서 자란 나만 모르는 것이 아니라 일반적으로도 알려지지 않은 이야기일 것이다.

"그나저나 할머니는 어떻게 그런 이야기를 알고 있네?"

"나는 마도구사다. 과거에 있었던 천재 마도구사를 조사하는 게 당연하지."

"정말 고생했지. 마시타의 이야기가 조금이라도 남은 곳이라면 전쟁 중인 나라에도 태연히 들어갈 정도였으니……."

"흥! 전쟁 따위가 내 탐구심을 막을 수야 없지!"

"할머님, 전쟁 중이었다니요?"

"아, 마시타가 태어난 나라가 당시 제국의 침략을 받았었단다. 그야말로 전장 한복판이었지."

전쟁 중인 나라에 일부러 찾아갔다니! 지금이나 예전이나 막무가내다.

그리고 이 이야기를 들은 시실리가 어째서인지 쿡쿡 웃었다.

"왜? 시실리."

"아니요. 전에 신 군은 피가 이어지지 않은 할아버지와 똑같다고 할머님께서 말씀하신 적이 있었잖아요."

"응, 있었지."

"지금 이야기를 들으니 신 군과 할머님도 닮았구나 싶어서요."

"닮았다고?"

어디가?

"탐구심이 강한 부분이라든가 전쟁도 무시하는 행동력이라든가. 역시 신 군은 두 분을 보고 자랐구나 싶어요."

어쩐지 훈훈한 시선으로 나와 할머니를 바라본다.

뭐야, 그런 말을 들으면 부끄럽잖아.

"뭐니, 닮지 않았으면 하는 점만 닮아서는."

"허허, 솔직하지 않구먼."

"뭐?!"

"아무것도……."

할머니도 부끄러워하네.

부끄러움을 감추려는 눈빛이 엄청나게 박력 있다.

할아버지도 간단히 물러날 정도로.

"흠흠! 어쨌든 그런 사정이 있어 시민증은 자동 마법 부여 장치로 만들고 있으니 자세한 건 모른단다."

"그랬구나."

뭐, 딱히 시민증의 수수께끼를 해명하고 싶었던 것은 아니니 상관없지만.

조금 신경 쓰였을 뿐이고 시민증이 어떤 물건인지 알게 됐으니.

"그걸 생각하면 신의 발명 중 가장 높게 평가할 수 있는 건 부여를 연결하는 회로를 발명한 점이겠지. 최근에는 빈 공방에서 마법 부여를 하지 않았지?"

"응. 나 혼자서 부여하면 시간을 아무리 들여도 부족하니까."

지금 빈 공방에서 생산되는 마도구의 양을 혼자서 부여한다면 그것만으로 하루가 끝날 것이다.

역시나 그런 사태는 피하고 싶으니 이쪽 세계의 말로도 내가 부여하는 것과 같은 효과가 나오도록 발명한 것이 회로다.

덕분에 빈 공방에서 마법 부여하는 일은 내가 없어도 돌아간다.

"그럼 됐다. 그 회로를 발명한 덕분에 신밖에 할 수 없었던 부여를 다른 사람도 할 수 있게 됐지. 그리고 모두가 창의적으로 생각하게 됐어. 이건 굉장한 일이란다. 그것에 관해서는 자랑스럽게 여겨도 된다."

오, 어지간한 일로는 칭찬해주지 않는 할머니한테서 칭찬받았다.

그건 기쁘지만…….

드물게 칭찬받아 부끄러워져 시민증으로 시선을 내렸다.

그것은 이전과는 다르게 보였다.

설마 이렇게나 가까이에 있는 물건이 동화에 나오는 천재 마도구사가 만든 것이었을 줄이야.

그렇다면 지금까지 확인한 적이 없지만 잠깐 조사해볼까?

전설의 기술을 엿볼 수 있을지도 모른다.

그런 생각을 하며 가만히 시민증을 들여다보고 있으니 할머니가 수상하게 여긴듯하다.

"신, 너……."

"어?"

"신 님, 기사 학원의 미란다 님께서 찾아오셨습니다."

할머니가 뭔가 알아차리려고 한 순간, 메이드장인 마리카 씨가 손님이 찾아온 것을 알리러 왔다.

"아, 네. 들여보내 주세요."

"알겠습니다."

"미란다? 그 미셸의 제자가 됐다는 아이니?"

아무래도 할머니의 관심이 다른 곳으로 돌아간 듯하다.

무슨 일인지는 모르겠지만 미란다가 좋은 타이밍에 찾아왔다.

거실에서 기다리고 있으니 메이드를 따라 미란다가 들어왔다.

"아, 멀린 님, 멜리다 님. 갑자기 찾아와 죄송합니다."

"허허, 신과 시실리의 친구이니 신경 쓸 것 없다."

"그래. 그런데 오늘은 무슨 일이니?"

"그것 말인데요……."

그렇게 말한 미란다는 인사를 나눈 할아버지 할머니에게서 시선을 떼 나를 보았다.

그 표정은 방금까지 할아버지와 할머니를 바라보던 낭랑한 표정과는 전혀 다른…… 머리끝까지 화가 난 표정이었다.

"아까 왕성에서 나보고 연합군의 교관을 맡으라는 정식 의뢰가 왔거든?!"

"아, 벌써 연락이 갔구나. 역시 디스 아저씨야, 일 처리가 빠르네."

방금 회의가 끝난 참인데 벌서 연락한 건가.

"지금 그런 소리할 때야?! 연합군이라고! 정식 군인이잖아! 왜 아직 학생인 데다가 기사도 아닌 내가 교관을 맡으라는 거야?!"

"아니…… 그야 바이브레이션 소드를 다루는 게 나와 토니와 미란다밖에 없기 때문이잖아."

딱히 검술 지도를 하는 것이 아니다. 오히려 검술이라면 우리가 가르침을 받아야 할 입장이다.

하지만 이번에는…….

"이번 일은 바이브레이션 소드를 사용하는 방법을 알려줄 뿐인 간단한 일이니까."

"알려주는 상대가 문제라는 거라고!"

음, 미란다도 정서가 불안정하네.

"시실리! 너도 뭐라고 해봐!"

"그렇게 말해도…… 신은 이미 정해버린 모양이니…… 무리이려나?"

"남편밖에 모르는 너한테 물은 내가 바보였지!"

"남편이라니……."

"그게 중요한 게 아니야!"

응? 시실리와 미란다의 대화가 무척이나 가까운 것 같은데?

"시실리, 언제 미란다하고 친해진 거야?"

"미란다가 마리아의 집에도 자주 놀러 오거든요. 저희 집은 그 바로 옆이라 자주 만나게 됐어요."

"아."

"셋이서 파자마 파티도 했는데…… 후후, 미란다는 선머슴 같은 면이 있지만 실은 파자마가 귀여워서……."

"잠깐! 부끄러운 사실을 퍼뜨리지 말라고!"

"하하하, 미안해."

마리아가 아닌 사람과 이렇게 대화하는 시실리는 처음이네.

미란다를 처음 만났을 때는 어떻게 대해야 좋을지 고민했지만 이렇게 시실리나 마리아와 친해진 걸 보니 좋네.

"뭐, 그렇게 어렵게 생각하지 않아도 돼. 검술을 알려주는 게 아니잖아. 마도구를 사용하는 방법과 요령을 알려주는 것뿐이니까."

"윽…… 스트레스로 위가……."

"배 아파? 치유 마법 걸어줄까?"

"그런 복통이 아니라고!"

시실리와 미란다라는 이색적인 조합이 재미있어서 아까까지 진지했던 거실이 순식간에 웃음으로 가득해졌다.

미란다는 갑자기 상상도 못 했던 사태에 휘말린 것에 대해 한마디 하려고 찾아온 모양이다.

자신에게는 짐이 무겁다고도 말했다.

하지만 나와 토니도 같이 한다고 설득하자 떨떠름하게 승낙하고서 돌아갔다.

돌아가는 뒷모습이 애수에 젖어 있었지.

그러고 보니 미란다는 토니와 전부터 알고 지내던 사이라고 한다.

기사 학원에 없어 이상하게 여겼더니 마법 학원에 있어서 깜짝 놀랐다고.

토니는 은근히 유능하다니까.

그리고 미란다가 돌아간 뒤 시실리도 집으로 돌아갔고, 나는 내 방에 혼자 있었다.

사실 한 가지 시도해보고 싶은 것이 있었다.

하지만 그건 다른 사람에게 알리면 안 되는 일이라 혼자가 될 때까지 기다렸다.

시도해보려 한 일.

그것은 시민증에 부여된 문자를 확인하는 것이다.

시민증을 멋대로 개조하는 것은 중죄지만 문자를 확인하는 정도라면…… 괜찮겠지?

그런 변명거리를 생각하며 시민증에 부여된 문자를 떠오르게 했다.

그러자…….

"……! 이, 이게 진짜야……?"

떠오른 문자를 본 나는 자신의 눈을 의심했다.

눈을 비비고 잘못 본 것이 아닌지 몇 번이고 확인했다.

그러나 착각이 아니라는 사실에 놀라움을 감출 수 없었다.

그 이유는 거기에 떠오른 문자가 바로…….

"일본어……."

그렇다, 일본어였다.

나 이외에도 전생한 사람이 있다.

아니, 정확하게는 나 이외에 전생의 기억을 되찾은 사람이 있다고 표현하는 편이 좋겠지.

과거에 존재했던 천재 마도구사 코노 마시타가 만들었다고 알려진 고성능 마도구 『시민증』에 부여된 문자를 조사해 보니 떠오른 문자는 전혀 예상치도 못한 일본어였다.

이 문자를 본 순간, 시민증의 높은 성능을 이해할 수 있었지만 동시에 몇 가지 의문점이 생겼다.

우선 마시타가 살아 있던 것은 2백 년도 전이다.

내 전생의 기억에서 2백 년 전이라면 아직 에도 시대다.

그렇다면 의문점이 발생한다.

그 시대의 일본인이 시민증같은 개인 인증 시스템을 떠올릴 것 같지는 않다.

그렇다면 마시타는 내 전생 시절과 비슷한 시대에서 전생한 것으로 여겨진다.

그러나 전생한 것은 지금보다 2백 년 전.

이게 어떻게 된 일일까? 전생에 시간대는 상관없는 걸까? 아니면 이쪽 세계와 내가 전에 있었던 세계는 시간의 흐름이 다른 걸까?

이것만큼은 마석 때처럼 정답이라는 것을 낼 수가 없다.

윤회와 함께 『세계 그 자체의 수수께끼』다.

이것의 답을 아는 것은 전지전능한 신밖에 없을 것이다.

지금까지 알게 된 일이라면…….

지구와 이쪽 세계의 윤회는 이어져 있다.

시간대는 상관없는 듯하다.

이 정도일까.

어쩌면 또 다른 세계와 윤회가 이어졌을지도 모르지만 실증할 방법이 없다.

그나저나 우연히 각성한 사람이 일본인이라…….

다른 나라의 전생자도 있을까?

있다 해도 전생의 기억을 떠올리는 일이 쉽게 일어날까?

나와 마시타는 정말로 드문 케이스로 우연히 일치하는 무언가가 있었던 걸까?

그러고 보니 톰 아저씨에게 받은 책에는 마시타 외에도 예전 위인과 영웅에 대한 이야기가 몇몇 있었다.

그 이야기 속에 사실은 각성한 전생자의 이야기가 있을 수도…….

"아, 어쩌면 그건……."

몇 권인가 지닌 책을 되짚다가 어떤 책을 떠올렸다.

그것은 마시타가 활약한 시대에서 조금 지난, 알스하이드의 바다에서 활약한 남자의 이야기.

"어디…… 아마 가져왔을 텐데…… 아, 찾았다!"

책장에서 찾던 책을 발견하고 그 표지를 보았다.

거기에 적힌 제목은.

『솔로 선장과 이글호』

주인공인 해리 솔로의 유년기가 프롤로그로 그려지고 이글호라는 기동성이 높은 소형 범선을 조선공과 함께 직접 만들어 배로 나간 남자의 이야기다.

처음에는 직접 만든 배의 크기가 작아 동업자들에게 비웃음을 샀지만, 솔로는 전혀 신경 쓰지 않았다.

그에게는 비책이 있었으니까.

그 비책이란.

바람 마법을 범선의 돛에 사용해 배를 움직이는 것.

지금도 그렇지만 과거에도 마법은 공격 수단이라는 이미지가 강했다.

당시의 사람들에게 배를 움직이기 위해 마법을 사용한다는 발상은 없었다.

그렇게 아무도 생각해내지 못한 방법으로 다른 어떤 배보다도 빨리 배를 몰 수 있었던 솔로는 순식간에 해운업계에서 유명해졌다.

이제는 선원들의 상식이 된 기술이지만 당시에는 범선의 돛에 바람 마법을 사용해 추진력을 얻을 수 있다고는 아무도 생각하지 않았다.

여기서 주목해야 할 점은 『아무도 생각해내지 못한 기술을 당연한 듯이 사용하기 시작했다』는 점이다.

당시 아직 아무도 해본 적 없는 일을 바다로 나가 갑자기 사용하는 일이 가능했을까?

아마도 바다에 나가기 전부터 바람 마법을 그런 식으로 사용하겠다고 정했을 것이다.

그리고 바람 마법을 사용할 것이라면, 그것을 전제로 한 배가 필요하다.

그래서 직접 배를 만들었다.

다시 말해 『처음부터 알고 있었다』는 뜻이다.

그리고 유소년기의 프롤로그에 있던 문구.

『극히 평범한 소년이었던 솔로는 어느 날 실수로 절벽에서 떨어져 중상을 입었다. 며칠이나 혼수상태가 이어지고 이제는 깨어나지 않을 것이라 모두가 포기하려던 그때, 솔로는 기적적으로 눈을 떴다. 그 후 솔로는 갑자기 천재가 되어 주변 어른들을 놀라게 했다.』

이건 나와 솔로 선장의 공통점이다.

나도 갓난아기였을 때 아마도 부모였던 사람과 함께 이동하던 마차가 마물의 습격을 받았다.

그때 나는 큰 충격을 받아 가사 상태에 빠져 마물의 눈을 피할 수 있었다.

그리고 할아버지의 도움을 받아 가사 상태에서 회복해 목숨을 부지할 수 있었다.

전생의 기억을 떠올린 것도 그때.

아마 솔로 선장도 그랬을 것이다.

절벽에서 떨어져 빈사 상태…… 죽기 일보 직전까지 갔다.

그리고 그 상태에서 회복하며 전생의 기억도 함께 떠오른 것이 아닐까?

방금 생각해낸 나와 마시타의 공통점.

솔로 선장과 나에겐 그것이 있었다.

그러나 솔로 선장의 책에는 유소년기의 이야기는 실려 있지만, 이야기에 등장하는 마시타는 처음부터 이미 성인이었다.

유소년기의 에피소드가 이야기 속에 그려져 있지 않다.

그때를 알 수 있으면 더 많은 공통점을 찾을 수 있을지도 모르는데.

뭔가 그런 에피소드가 실린 책은 없을까?

아, 맞다.

할머니가 예전에 마시타를 다양하게 조사했다고 했었지.

어쩌면 유소년기의 마시타의 이야기를 알게 되거나 자료를 갖고 있을지도 몰라.

내일 할머니에게 물어보자.

그건 그렇고 이 솔로 선장이 각성한 전생자라고 확신한 최대의 이유. 그것은…….

"……매(팔콘)라고 하면 곤란하니까 독수리(이글)로 한 걸까?"

솔로 선장이니까!

◆

"마시타의 유소년기 이야기?"

"응. 할머니는 마시타를 조사했었지? 그런 이야기를 알 것 같아서."

"갑자기 무슨 일이니?"

마시타가 전생자라는 것을 알게 된 다음 날, 나는 할머니에게 마시타의 유소년기 이야기를 알고 있는지 물었다.

예상대로 왜 그런 걸 묻는지 의아해했다.

"어제 오랜만에 마시타의 책과 솔로 선장의 책을 읽었어. 솔로 선장의 책에는 어린 시절 이야기가 실렸는데 마시타의 책에는 실리지 않은 게 이상해서."

"아, 그런 거였니?"

최근 내가 무언가 하려고 하면 할머니는 과민하게 반응한다니까.

"그러고 보니 마시타의 유소년기 이야기는 책에 실리지 않았구나."

"왜? 솔로 선장의 책에는 실렸는데."

"솔로는 어렸을 때부터 신동이라고 불렸으니까. 유소년기의 에피소드도 제법 많은 거지. 하지만 마시타는 성인이 되고서 처음으로 마도구를 만들 때까지 그다지 돋보이는 행동을 하지 않았단다."

……솔로 선장의 전생자…… 자중하지 않은 거야?

마시타는 어렸을 때 눈에 띄는 행동을 해선 곤란하다고 생각해 자중했을 것이다.

그렇다면 유소년기의 이야기는 나오지 않겠는데…….

그렇게 생각하니 할머니가 굉장한 정보를 꺼냈다.

"하지만 마시타의 일기라면 갖고 있지. 그거라도 괜찮겠니?"

"그런 걸 갖고 있어?!"

"그래. 마시타는 부여 마법의 기술은 전수하지 않았지만 자손은 남겼단다. 그 자손이 위대한 선조의 일기를 대대로 이어받았거든. 그걸 전쟁에 휘말리기 전에 맡아달라고 했었지. 마시타는 착실한 사람이었는지 어렸을 때부터 적은 일기가 남아 있었어."

흠, 그런 일이 있었구나…… 어라?

"맡아달라고? 하지만 지금도 갖고 있는 거지?"

"갖고 있지. 돌려주고 싶어도 돌려줄 수 없게 됐으니까."

"돌려줄 수 없어?"

"제국의 침략 때문에."

아, 그렇구나. 마시타가 태어난 나라는 제국의 침략을 받았지.

이럴 때야말로 당신이 나설 차례잖아, 솔로 선장!

……그만두자.

"그 나라가 제국에 침략당한 후 정세가 진정됐을 때 다시 찾아가 봤지만 안타깝게도 마시타의 자손들은…….”

그렇게 말하고는 고개를 저은 할머니.

다들 사망한…… 건가.

마시타의 자손이라는 이유로…….

제국은 전부터 그런 불합리한 짓을 했던 건가.

“마시타가 남긴 마도구를 사용해 제국군을 상대로 크게 날뛰었다고 하니까. 상당한 사상자를 내서 제국이 격노한 거지. 하지만 최후엔 수 앞에선 장사 없다고, 마시타가 남긴 마도구도 전부 망가지고 덧없게도 모두가 처형됐단다.”

그래서 표적이 됐구나.

마시타의 마도구를 마지막으로 사용한 것은 그의 자손들이었다.

“자, 마시타의 일기 말이지. 잠깐 기다리렴.”

할머니는 그렇게 말하고는 자신의 이공간 수납 안을 주섬주섬 더듬었다.

“아, 여기 있었네. 이거란다.”

“와! 역시 어렸을 때부터 적은 일기구나, 양이 상당하네.”

“귀중한 자료니 소중히 다뤄야 한다.”

“응. 고마워, 할머니.”

이렇게 나는 마시타의 일기라는 상당히 귀중하면서도 내게 유용할 수 있는 자료를 손에 넣었다.

“아, 그리고.”

"왜?"

"일부 암호 같은 문자가 적혀 있는데 안타깝게도 해석할 수 없었거든. 뭐라고 적혔는지 알 수 없는 곳이 있단다."

"흠, 그렇구나. 그럼 거긴 넘길게."

"그렇게 하렴."

할머니에게서 일기에 적힌 내용에 대해 들은 후 서둘러 자신의 방으로 돌아와 마시타의 일기를 읽었다.

유소년기의 일기는 역시 어린아이의 글씨답게 읽기 어려웠다.

그러나 어느 날부터 한동안 날짜가 건너뛰더니 오랜만에 적힌 일기의 문자는…….

"……훨씬 깔끔해졌네."

어린아이가 적은 것 같지 않은 깔끔한 문자가 나란히 적혔다.

그리고 한동안 일기를 적지 않았던 이유가 적혀 있었다.

그것은…….

『그때의 기억은 정확하지 않지만 아무래도 나는 마차에 치인 듯하다. 머리를 세게 부딪쳐 사경을 헤맸다고 한다. 그리고 눈을 뜨니 지금의 나와 예전의 내가 뒤섞여 있었다. ……나는 이 사실을 받아들일 수 없다.』

그렇게 적혀 있었다.

……일본어로.

"역시……."

마시타도 크게 다친 경험이 있었다.

그리고 할머니의 이야기를 들었을 때부터 예상했었지만 암호와 같은 문자는 역시 일본어였다.

죽을 고비에서 돌아와 전생의 기억이 되살아났을 때의 기록은 일본어로 적혀 있었다.

그 이외는 이쪽 세계의 문자로 적혀 있는데, 다른 사람이 읽었을 때를 고려했던 듯하다. 도저히 믿어주지 않을 것 같은 진실은 이쪽 세계 사람이 읽을 수 없는 일본어로 적혀 있었다.

하지만 이것으로 전생의 기억이 각성하는 조건을 알게 됐다.

『유소년기에 죽음의 경계에서 돌아올 것.』

아마도 분명하겠지.

그런 상황에서 극히 드물게 전생의 기억을 떠올리는 사람이 있을 것이다.

모두가 떠올리는 것은 아니다.

유소년기에 사경을 헤매다 돌아오는 사람은 많지는 않아도 없지는 않을 것이다.

그런데 전생을 떠올린 사람이 극히 드물다는 것은 그 추론을 뒷받침한다.

뭐…… 그 사실을 알게 됐다 해도 어떻게 되는 것도 아니고 절대로 남들에게 알려져선 안 된다.

그 이유는 이 정보가 악용되기라도 한다면 최악의 사태가 벌어지기 때문이다.

악용하려고 마음먹으면…….

다른 세계의 기억이 떠오르길 기대하며 어린아이를 빈사 상태로 만들고서 회복시킨다.

아마도 그런 생각을 하는 녀석이 나올 것이다.

정말이지 악마의 소행이다.

그런 짓을 절대로 허용할 수는 없다.

이건 영원히 봉인해야 하는 진실이겠어.

죽을 때까지 이 비밀은 말할 수 없다.

그렇게 다짐하고서 마시타의 일기를 할머니에게 돌려주었다.

"어땠어? 재밌는 이야기라도 적혀 있었니?"

"아니, 대부분 책에 실려 있었어. 그리고 곳곳에 적힌 문자는 뭔지 모르겠어."

"그래. 그러고 보니…… 그 암호는 네가 부여할 때 사용하는 자작 문자와 비슷한 것 같은데……."

"기, 기분 탓이야."

"……정말이니?"

할머니의 시선이 무섭다.

하지만 이건 절대로 알려져선 안 되는 비밀이다.

얼마 전까지는 말해도 믿어주지도 않을 것이고, 어쩐지 커닝을 들키는 것 같은 기분이라 말을 꺼낼 수가 없었다.

하지만 지금은 다르다.

절대로 알려져선 안 되는 이유가 생겼다.

어떻게든 의심의 눈초리로 바라보는 할머니에게서 도망쳐 자신의 방으로 돌아온 나는 지금 이쪽 세계가 놓인 상황을 생각해보았다.

과거에 두 사람, 다른 세계의 기억을 각성한 듯한 사람이 있었다.

그 이외에 각성한 사람은 없을 것 같다.

그렇게 생각되는 것으로 사실은 있었을지도 모른다.

지금 세계에는 아마도 없겠지.

그 이유는…….

지금 세계에 눈에 띄게 활약하는 사람이 없으니까.

◆

"저기, 월포드 군."

"왜, 미란다."

나란히 같은 방향을 보던 기사 학원의 미란다가 내게 말을 걸었다.

"마도구의 사용 방법을 알려주기만 하는 간단한 일이라고 말했지?"

"그런 말 한 적 없는데?"

"이게……."

거기까지 말한 미란다는 나를 보고서 큰 소리로 말했다.

"사람이 이렇게나 많은데 뭐가 간단한 일이라는 거야?!"

군무국 연병장에 줄줄이 늘어선 기사들.

그 수는 수백 명.

"연합군이라지만 이렇게나 많다니…… 말도 안 돼……."

미란다는 수백 명의 정규 기사를 앞에 두고 투덜거렸지만 뭔가 착각하고 있다.

"무슨 말이야, 미란다."

"어? 뭐가?"

"이건 연합군이 아니야."

"어? 잠깐, 설마……."

"응. 이건 알스하이드뿐이야."

"농담이지?!"

"이것과 같은 규모가 엘스와 이스. 조금 더 적은 게 스이드와 담, 카난과 크루트야."

"농담이지이이?!"

미란다가 좌절했다.

하지만 알스하이드만으로도 기사와 검사는 수만 명 있다. 전원을 동시에 알려줄 수는 없다.

이번 훈련은 말하자면 마도구를 사용하는 방법 해설이다.
일단 익히기만 하면 자신의 부하들에게 알려줄 수 있다.
그래서 처음에 알려주는 사람을 선별하여 알스하이드 전토에서 대장 격의 인원들만 모은 것이 수백 명이다.
그리고 이번만 있는 것이 아니다.
"이게 끝나면 실전 훈련이지. 각국의."
"……!"
미란다가 입을 뻐끔뻐끔했다.
아까부터 상태가 이상하네.
"미란다, 왜 그래?"
"그것 때문 아닐까, 신. 쉴 시간이 없으니까 말이야."
이번에 함께 기사들에게 바이브레이션 소드의 사용 방법을 알려줄 토니가 미란다의 심정을 추측했다.
"아, 그렇구나."
일곱 국가나 되니까 전부 해설에 필요한 시간이 일주일.
그 후에 실전 훈련으로 다시 일주일이다.
합계로 휴식 없는 이주일 지옥의 스케줄이다.
14일 연속 근무라니. 만약 이 세계에도 근로기준법이 있었다면 두말할 것도 없이 악덕 기업이나 할 짓이다.
불만이 나오는 것도 당연하지.
"미안, 미란다. 휴식을 생각하지 않았어. 각국에 연락해서 처음 한 주가 끝나면 휴가를 달라고 할게."

"그런 말을 하는 게 아니라고!"

""어?!""

"확실히 연합군에게 바이브레이션 소드 사용 방법을 알려 달라는 말은 들었어! 하지만 이렇게 사람이 많다는 말은 들은 적 없어!"

응? 연합군이니 이 정도 수는 당연하잖아?

"그렇게 이상한 일인가? 연합군 전원이 아니니까 이 정도 잖아."

그것 봐, 토니도 미란다가 무슨 말을 하고 싶은 건지 알 수 없어 당황하잖아.

"월포드 군만이 아니라 플레이드 군까지 이상해졌어?!"

"너무하네, 신하고 만큼은 똑같이 여기지 않았으면 했는데."

"토니, 너도 너무하잖아!"

이상해졌다는 게 무슨 말이야?

그렇게 이상한 말을 했나?

"하아…… 둘 다 전혀 이해하지 못하네……. 역시 영웅 대우를 받는 사람은 다른 걸까?"

"뭐? 스스로는 평범하다고 생각하는데."

"평범하다니. 토니, 너는 마법은 물론 바이브레이션 소드까지 사용한 근접 전투까지 하잖아. 공격력으로 따지면 우리 중에 네 번째야."

두 번째는 오그고, 세 번째는 마리아다.

"거짓말."

"진짜야."

"……천상계의 대화네……."

미란다가 황당하다는 듯이 말했다.

"저기, 세계에 이름을 떨치는 얼티밋 매지션즈의 수석님과 사석님은 모르겠지만 나는 아직 기사 학원의 학생이야."

우리도 아직 마법 학원 학생인데…….

"기사 지망생이야. 아직 햇병아리라고. 그런데……."

거기서 말을 끊은 미란다는 바이브레이션 소드의 사용 방법을 알려주기 위해 모인 기사들을 보았다.

첫 번째로 모였다는 사실은 여기서 배운 것을 부하에게 지도할 입장인 사람들.

대장급이라는 뜻이다.

"이렇게 장래 내 상사가 될지도 모르는 사람들을 알려주는 것조차 주제넘은 일인데! 거기에 이렇게나 많잖아! 짐이 너무 무겁다고!"

아, 그런 뜻이구나.

다들 기사로서 미란다보다 높은 곳에 있는 사람들뿐.

한두 명이라면 몰라도 우리나라만이 아니라 다른 나라까지 이렇게나 많은 사람을 지도할 줄은 몰랐다는 뜻이구나.

"아…… 위가 아파……."

"괜찮아? 치유 마법 걸어줄까?"

"마누라랑 똑같은 말 하지 말라고!"

그걸 기억하고 있구나.

하지만 그렇군. 미란다가 볼 때 이곳에 있는 사람들은 앞으로 자신의 상사가 될지도 모르는 사람들.

그리고 다른 나라의 기사들도 자신보다 훨씬 높은 위치에 있는 사람들.

그런 사람들을 가르친다니 위가 아플 만도 하겠네.

"아, 미안. 그런 점은 전혀 생각하지 못했어."

"정말이지, 이럴 줄 알았습니다."

미란다에게 사과하자 다른 사람이 말을 걸었다.

"아, 크리스 누나, 가스톨 국장님도."

"음. 여러모로 무리한 부탁을 해서 미안하군, 월포드 군."

크리스 누나와 기사단 총장이자 군무국장인 도미니크 가스톨 씨가 함께 다가왔다.

"어라? 크리스 누나는 근위병이잖아? 왜 여기에 있어?"

크리스 누나도 전장에 나가는 걸까?

그렇게 생각해서 물으니 그럴 줄 알았다는 듯이 나를 보며 말했다.

"신이라면 미란다에게 아무런 설명 없이 데려올 거라고 생각했어요."

"너무하네. 설명했어."

"뭐라고 말했나요?"

"마도구를 사용하는 방법을 알려주기만 하는 간단한 일이라고."

있는 그대로 이야기하니 크리스 누나가 이마에 손을 얹고 깊은 한숨을 쉬었다.

"신. 가스톨 국장님과 올그란 사단장님조차 예의를 갖추는 현자님, 도사님, 검성님께 지도를 받은 신과 다른 사람은 다릅니다."

"그건 그렇다만…… 다르게 표현해도 괜찮은 것 아닌가? 헤이덴."

내 스승들에게 예의를 갖춘다고는 말을 들은 가스톨 국장님이 관자놀이를 꿈틀대며 크리스 누나에게 다른 표현으로 수정을 요청했다.

"사실이 아닙니까?"

"아니, 사실이긴 하다만! 하아…… 됐다……."

"그러십니까? 뭐, 그건 그렇고 미란다는 최근 검성님께 지도를 받고 있다지만 아직 기사단에 소속되지도 않았습니다. 배려했어야 하지 않나요?"

크리스 누나가 불평을 훌쩍 넘기자 가스톨 국장님은 풀이 죽었다.

크리스 누나, 군무국장도 무심하게 대하네.

그건 그렇고 확실히 미란다에 대한 배려가 부족했을지도 모른다.

"미안, 미란다."

"하아…… 이제 됐어. 애초에 여기에 모였다는 것은 기사단 분들도 이미 이해하셨다는 뜻이잖아?"

"그래? 크리스 누나."

"그런가요? 국장님."

"월포드 군은 몰라도 왜 너까지 의문형인가, 헤이덴. ……그 말이 맞다. 이번 마인과의 결전을 대비한 마도구 바이브레이션 소드의 사용법을 전수하는 것은 월포드 군을 포함한 세 사람이라고 이미 통보했지."

이곳에 있다는 것은 그 소식을 듣고서 받아들였다는 뜻인가.

"그렇다네, 미란다."

"하아, 알았어…… 알려주면 되잖아, 알려주면."

"안심하세요, 미란다. 당신만으로는 짐이 무거우리라 생각해 제가 왔습니다. 어깨의 힘을 푸세요."

"고맙습니다, 크리스티나 님!"

아까까지 비탄에 빠져 있던 미란다가 크리스 누나의 참가 소식에 갑자기 활기차졌다.

뭐, 중압감을 못 이겨 소극적인 것보다는 좋겠지.

이렇게 마인&재해급 마물들과의 결전을 향한 특훈이 시작됐다.

"음? 이렇게?"

“네, 맞아요. 어려운 점은 마도구를 기동하며 검을 휘두르는 점뿐이에요. 익숙해지면 별것 아니지만요…….”

“흠. 검술이 몸에 익혀 있어 몸이 움직일 때 마도구 기동을 꺼버리게 되는군.”

“그 점은 익숙해지는 것밖에는…….”

조금 걱정했던 미란다는 의외로 기사들에게 바이브레이션 소드의 사용 방법을 잘 알려주었다.

그나저나 의외로 바이브레이션 소드를 다루기 어려워하는 사람들이 많네.

원래 기사가 되는 사람은 마법사의 소질이 없는 사람이 많다.

토니처럼 마법사 소질이 있는 사람도 있지만 마도구를 기동하며 검을 휘두르는 것에 어려워하는 모습을 볼 수 있었다.

“그러면 안 돼요, 선배. 이렇게요, 이렇게.”

“……너는 왜 그렇게 잘 다루냐?”

“이것의 나이프 버전을 예전에 신에게 받았으니까요. 제법 익숙해졌습니다.”

미란다 혼자서 연상인 기사들을 지도하기 어려울 것이라며 도와주러 온 크리스 누나는 의외일 정도로 바이브레이션 소드를 잘 다뤘다.

그 모습을 보고 선배 기사가 질 수 없다는 듯이 검을 휘둘렀다.

오. 이번엔 기동한 채로 제대로 휘둘렀잖아.

"어려운 점은 그 정도입니다. 그리고 조심해야 하는 점은 측면에서의 충격이겠네요."

"측면? 아, 그렇군. 이 칼에 사용된 것은 얇은 칼날이니 옆에서 충격을 받으면……."

"네. 간단히 부러집니다."

"그런가. 하지만 그렇게 되면 알스하이드 군의 제식 장비를 이 엑스체인지 소드로 변경한 것이 다행이었는지도 모르겠군."

알스하이드 군이 사용하는 제식 장비의 손잡이 부분은 나와 토니, 미란다가 사용하는 것과 동일하지만 칼날 부분이 다르다.

나와 토니가 사용하는 금형이 있으니 그것을 활용하면 바이브레이션 소드에 어울리는 얇은 칼을 대량으로 만들 수 있다.

바이브레이션 소드는 단조가 아니어도 상관없다. 주조면 충분하다.

"그나저나 마왕님은 굉장하군. 이만한 양의 마도구를 이번 훈련 기간에 맞춰 준비하다니."

"그렇군요. 솔직히 여러모로 영문을 알 수 없는 아이입니다. 너무 굉장해서 질투심조차 생기지 않더군요."

크리스 누나에게 지도를 받는 기사가 나를 칭찬했는데 크리스 누나의 저 말은 나를 칭찬하는 것 맞을까?

뭐, 저 기사와 크리스 누나가 하고 싶은 말은 이해한다.

이번 대량 발주에 맞춰 빈 공방에서는 밤낮을 가리지 않고 24시간 체제로 바이브레이션 소드 용 얇은 칼날을 제작했다.

그쪽도 큰일이었겠지만 더 큰일이었던 것은 거기에 마법 효과를 부여하는 것이 나 혼자라는 점이었다.

솔직히 마시타의 이야기를 듣고서 어떤 물건을 개발하지 않았더라면 분명 정신이 쏙 빠졌겠지.

그 정도로 많은 물건에 부여했다.

"월포드 군. 대답할 수 있는 범위라도 좋으니 질문해도 좋을까?"

"하세요."

역시 가스톨 국장님에게 알려주는 것은 토니와 미란다한테는 버거운 일이라 내가 알려주고 있었다.

그런 국장님이 내게 질문이 있다고 한다.

"이만한 양을 이렇게 짧은 기간 만에 어떻게 부여한 거지?"

"그건 비밀입니다."

갑자기 대답할 수 없는 질문이었다.

이번에 단기간에 대량으로 부여할 수 있었던 방법은 사실 단단히 입 단속하라는 주의를 받았다.

"알려줄 수 없나?"

“네, 할머니가 절대로 말하면 안 된다고 했거든요.”
“그, 그런가. 그럼 됐다. 오히려 방금의 질문은 잊어다오.”
마법사단장만이 아니라 기사단 총장까지.
대체 할머니가 얼마나 무서운 거야.
“다, 다른 질문을 해도 될까?”
“그것도 대답할 수 있을지 모르겠지만…….”
“아니, 도사님의 의향을 거스르는 건 아니다! 음! 물어볼 건 내일 이후에 훈련할 다른 나라에 대해서지.”
“다른 나라요?”
“음. 우리나라 기사단의 검에 부여한 것과 같은 속도로 다른 나라의 무기에도 부여할 수 있나?”
이 정도라면 괜찮겠지?
“네, 가능해요.”
“……정말 굉장하군, 자네는.”
“그렇지 않아요.”
이렇게 짧은 기간에 대량으로 부여할 수 있었던 이유.
마시타의 이야기가 힌트가 된 그 방법이란…….
부여 복사기를 만드는 것.
구조 자체는 무척이나 간단하다.
『초음파 진동』과 『개념 복사』의 이미지를 담은 문자를 부여하기 쉬운 철판에 부여.
그것을 마도구를 기동하며 검에 갖다 대면…….

바이브레이션 소드가 완성된다.

부여 복사기를 만들었을 때 할머니는 지금까지 봐왔던 모습 중에 제일 크게 경악했다.

그리고 그것을 절대로 말해선 안 되고 보여주면 안 되니 반드시 자신의 말을 지키라며 무섭게 말했던 것이 생각난다.

지금 떠올려도 무섭네…….

하지만 할머니가 그런 말을 하지 않아도 이번 마인과의 전투가 끝나면 폐기할 예정인 마도구다.

『누구나』 간단히 철을 자를 수 있는 검을 『누구나』 대량 생산할 수 있는 마도구니까.

할머니가 제일 우려하는 부분을 구현할 수 있는 물건을 만들고 말았다.

그러나 이것을 만들지 않으면 훈련 시간에 맞출 수 없는 것도 사실.

할머니에게는 전후에 곧바로 폐기하겠다고 약속해 간신히 승낙을 받았다.

다른 나라의 검에 부여할 때는 천막을 설치하고 경계하는 사람을 둬서 작업하기로 했다.

정말이지 마시타는 대단하다니까.

그리고 실마리가 잡힌 지금 시점에서 사실 내겐 또 하나 생각해야 하는 일이 있다.

그것은…….

"그런데 월포드 군, 이건 다른 이야기인데……."

"뭔데요?"

"……슈투름에게 이길 수 있겠나?"

그것이 바로 내가 지금 생각해야 할 일이다.

"그건…… 글쎄요? 전에 경비대 연병장에서 싸웠을 때는 호각이었지만……."

"솔직히…… 세계의 운명을 열여섯 소년에게 맡길 수밖에 없다는 점은 우리 어른들로서는 뼈아플 따름이지."

정말로 미안한 표정으로 그렇게 말하는 가스톨 국장님.

"하지만 지금 이 세계에서 슈투름에게 이길 수 있는 것은 자네뿐이다. 부디…… 부디 힘내다오."

그렇게 말하며 내 손을 굳게 잡은 가스톨 국장님.

"국장님…… 알고 있어요. 여기서 지면 정말로 세계가 멸망하니까요. 절대 그렇게 두지 않겠어요."

대결에 반드시라는 말은 없다.

그러나 나는 굳이 말했다.

"반드시 이길게요."

"……그래."

가스톨 국장님은 그렇게만 말하고 다시 바이브레이션 소드 훈련에 들어갔다.

반쯤 고집처럼 그렇게 말하긴 했지만 실제로 슈투름에게 이기기 위해서는 어떡하면 좋을까?

경비대 연병장에서 슈투름과 싸웠을 때의 느낌은 그가 전력을 다한 것 같지는 않았다.

물론 나도 주변의 피해를 우려해 전력으로 마법을 사용하지는 않았다.

다시 말해 서로가 실력을 감춘 채 싸운 셈이다.

하지만 이번엔 마인령의 구 제도가 전장이다.

이미 인간이 살지 않는 도시.

주변 피해는 우려하지 않아도 된다.

그렇다면 서로 전력을 다하는 싸움이 될 것이다.

그렇게 된다면 내 힘은 슈투름의 전력에 맞설 수 있을까?

……그다지 내키지 않지만 그 마법을 시험해둬야 하나…….

마법 효과의 지향성이라는, 나를 위한 안전장치는 완성했다.

이제는 시험해볼 필요가 있는데…….

“역시 그것도 검증해야 하려나…….”

슈투름을 상대로 사용할 마법을 시도해보는 것과 동시에 한 가지 더 확인해두고 싶은 것이 있다.

그것이 확인되면 대 슈투름 전은 유리하게 진행될 것이다.

새로운 마법과 검토. 모두 그다지 내키지는 않지만…….

시도하지 않고 후회하는 것보다는 좋겠지.

이 훈련이 끝난 후 그 실험과 검증을 해보기로 마음먹었다.

참가한 기사들은 바이브레이션 소드를 사용하기까지 무척이나 애를 먹었지만, 결국 어려운 것은 마도구를 기동한 채로 검을 휘두르는 것뿐.

어려운 것은 그것뿐이니 노련한 기사들은 다들 순식간에 바이브레이션 소드를 다루기 시작했다.

"좋아. 각자 이 검의 특성, 사용 방법은 숙지했겠지?"

『예!』

"좋군. 그럼 각자 자신의 부서로 돌아가 부하들에게 이 검의 사용 방법을 알려주도록."

『예!』

아침부터 시작된 훈련은 점심이 지날 무렵에 모두가 검을 다루기 시작하게 되며 종료됐다.

그리고 내가 대량으로 부여한 검을 가지고 돌아갔다.

각자 몇 자루를 소지하는지 전부 확인하는 것도 잊지 않았다.

모든 일이 끝난 뒤에는 이 리스트를 바탕으로 검을 회수해 부여를 지울 예정이니까.

확인 작업에 정말이지 모든 신경을 쏟았다.

그러고 보니 나는 결국 검의 관리와 가스톨 국장님에게 알려주는 것만 하고 거의 아무것도 하지 않았네.

"후우…… 엄청 긴장했는데 어떻게 잘 된 거지?"

"그래. 크리스티나 님도 도와주셨으니."

"실은 멜리다 님의 요청으로 가스톨 국장님을 따라왔습니다."
미란다가 안도의 숨을 내쉬고 토니가 갑자기 참가한 크리스 누나 덕이라고 말하자 크리스 누나가 의외의 말을 했다.
"할머니의 요청? 왜?"
마도구의 사용 방법을 알려주는 것뿐이라면 우리만 있어도 충분할 것 같은데.
"왜냐하면 당신은……."
그렇게 말하며 자신의 검을 내려다본 크리스 누나는 다시 내 얼굴을 보며 말했다.
"내일부터 매일 몇천 자루의 검에 부여해야 하잖아요? 그러면서 훈련에 참가할 수 있다고 생각하나요?"
"하아…… 그게 우울하다니까……."
실제로 그런 광경은 본 적이 없고 경험한 적도 없지만, 대량으로 쌓인 서류에 도장을 찍는, 마치 만화와 같은 광경이 전개되겠지…….
"핵심은 마도구 사용 방법을 알려주는 것뿐이니까요. 다른 나라의 허가를 받으면 이미 습득한 사람이 알려주는 쪽이 되는 것도 가능합니다. 그러니 바이브레이션 소드의 지도는 우리에게 맡기고 신은 마도구 부여에 전력을 다하세요."
"네~."
그런 대화를 나누는 나와 크리스 누나를 미란다와 토니가 지켜보았다.

"왜?"

"윌포드 군과 크리스티나 님은 진짜 남매 같네."

"부럽군."

그렇구나, 크리스 누나는 기사단의 아이돌이라고도 불리는 사람이야.

기사 학원생인 미란다와 검사 출신인 토니에게는 동경의 대상이겠지.

"그렇군요. 이미 몇 년이나 돌봐줬으니까요. 손은 많이 가지만 귀여운 동생입니다."

"지크 형도 있고."

""부러워!""

형이 한 명 더 있다고 말하자 미란다와 토니 두 사람은 부러워했고 크리스 누나는 무척이나 싫은 표정을 했다.

"그 녀석은 가족이 아닙니다."

……진짜 사이가 나쁘네…….

◆

이틀째는 스이드 왕국의 훈련이었는데…….

"자! 끝났다!"

"마왕님! 다음은 이쪽입니다!"

"응! 잠깐만!"

점심시간의 식당 주방에서 벌어지는 대화가 아니다.

스이드 왕국 측이 마련한 천막 안에서 검에 부여를 마친 사실을 알리는 내 목소리와 그런 내게 다음 무기라며 새로운 검을 건네주는 스이드 왕국군 병사의 목소리.

그리고 자포자기한 듯이 다시 그것을 가지고 천막 안으로 돌아가는 내 목소리다.

스이드 왕국을 찾아온 뒤로는 정말이지 아수라장이 따로 없었다.

알스하이드 때와는 다르게 사전에 부여한 검을 마련할 수 없었기 때문에 그 자리에서 바이브레이션 소드(가져온 무기 중에는 창도 있었으니 그냥 마도구라고 해도 괜찮겠지)를 제작해 지위가 높은 사람부터 순서대로 건네 훈련을 시작했다.

훈련 자체는 막힘없이 진행됐다.

크리스 누나의 제안을 스이드 왕국 측…… 이라기보다 다른 나라도 인정해주었기에 먼저 훈련을 마친 알스하이드 군의 기사와 검사가 도우미로 참가해주었기 때문이다.

순조롭지 않은 것은 공급 쪽이다.

훈련에 참가하는 사람들만이 아니라 전투에 참가하는 사람들의 무기 전부에 부여해야 하기에 그 수가 어마어마할 정도로 많았다…….

모든 부여를 마쳤을 때는 시작하고 몇 시간이 흐른 뒤였다.

"으아아…… 피곤해라……."

"수고했어요, 신 군. 이쪽으로 와서 쉬세요."

내일부터 대량의 부여를 훈련 중에 마쳐야 한다며 집에서 투덜거리자 시실리는 걱정이 되었는지 따라왔다.

부여용 천막 근처에 또 하나, 운동회 때 진행자석 같은 것이 설치되어 있어 시실리가 그곳으로 불렀고 나는 그녀의 말대로 자리에 앉았다.

"차와 과자 좀 드세요."

"고마워…… 하아, 살 것 같다……."

향이 좋은 홍차와 달콤한 과자를 입에 넣으니 그제야 정신이 들었다.

"수고했어요. 무리한 건 아닌가요?"

"무리한 건 아니지만 양이 좀…… 아, 어깨가 결리네."

도장을 찍는 기계처럼 반복해서 부여 복사기를 검에 가져다 댔다.

그 횟수가 상당했기에 꽤 많이 뭉친 오른쪽 어깨를 빙글빙글 돌려 풀었다.

이것을 다섯 국가만큼을 더 해야 하는 건가…….

"괜찮아요?"

뒷일을 생각해 우울해하니 시실리가 뒤로 다가와 어깨를 주물러주었다.

"음…… 아, 거기……."

"후후, 기분 좋아요?"

그렇게 강한 편은 아니었지만, 시실리가 주물러주는 행위 자체가 기분 좋았다.

그렇게 시실리와 행복한 시간을 보내고 있던 중 옆에서 누군가가 말을 걸었다.

"마왕님과 성녀님은 소문대로 사이가 좋군."

"정말 그렇습니다, 폐하."

스이드 왕국의 국왕 전하와 스이드 왕국군의 장관이었다.

훈련 모습을 시찰하러 현장을 찾았던 두 사람이 내가 천막에서 나온 것을 확인하고 다가온 듯하다.

"아! 시, 실례했습니다! 흉한 모습을!"

"아닐세, 성녀님. 신경 쓸 것 없네. 지금 세간에 유명한 마왕님과 성녀님의 사이좋은 모습을 볼 수 있었으니."

"그런 소문이?!"

"음? 마왕님은 모르셨습니까? 지금 민중들 사이에서 유행하는 베스트 커플을 꼽으라 한다면 바로 마왕님과 성녀님입니다."

시실리가 다급히 내 옆으로 이동해 사과하자 스이드 국왕이 우리의 부끄러운 정보를 말하고 군의 장관이 덧붙였다.

그럴 수가, 그런 소문이 퍼졌다니.

시실리도 처음 들었는지 옆에서 얼굴이 새빨개져서는 고개를 숙였다.

"하하하, 풋풋하군. 그대들을 보고 있자니 짐까지 부끄러워지는군."

"그렇군요. 두 분을 보고 있으니 아내를 소중히 여겨줘야겠다는 생각이 듭니다."

"오, 그거다. 짐도 그 생각을 했구나."

놀리는 건지 정말로 그렇게 생각하는 건지는 모르겠지만 두 사람이 즐겁게 웃었다.

"그, 그래서 시찰은 어떠셨나요?"

"음. 알스하이드군의 도움으로 원만하게 진행된 모양이구나. 이거라면 이번 사태도 넘어설 수 있을 거다."

"정말 그렇습니다. 마왕님께는 감사할 따름이군요."

"그렇군. 마왕님, 훈련 쪽은 병사들에게 맡기고 한동안 쉬도록 해라. 필요하다면 성의 주방에서 요깃거리라도 가져오게 할까?"

"아니요, 괜찮아요. 배려해주신 것만으로도 충분합니다."

"흠. 마왕님은 욕심이 없군."

"정말이지 견줄 사람이 없을 정도의 힘을 지녔으면서도 겸손한 마음을 잊지 않는다니…… 병사들도 본받았으면 좋을 정도군요."

식사를 거절했을 뿐인데도 칭찬하다니…… 점점 피곤해지네…….

"폐하, 슬슬 시간이 됐습니다."

스이드 국왕의 상대가 피곤해질 무렵 수행원이 국왕에게

말을 걸었다.

"그런가, 벌써 그렇게 됐나. 미안하지만 짐은 다른 공무가 있으니 이만 실례하지."

"네. 말씀을 걸어주셔서 감사합니다."

"감사합니다."

"음."

시실리와 둘이서 인사하자 스이드 국왕은 자리를 떠났다.

"그럼 저도 훈련 상태를 돌아보고 올 테니 이만 가보겠습니다. 마왕님은 그대로 쉬고 계시지요."

"네, 감사합니다."

장관도 떠났다.

그보다 두 사람 모두 마지막까지 별명으로만 불렀네…….

"하아…… 다른 나라의 국왕님이면 신경 쓰이고 긴장되네……."

"신 군도 다른 나라의 국왕님 앞에서는 긴장하는군요?"

"당연하지. 국왕님이잖아? 그 나라의 대장이잖아? 당연히 긴장하지."

무슨 당연한 말을 하는 건가 싶어 바라보니 시실리는 고개를 갸웃했다.

"디세움 전하도 나라의 대장이시잖아요. 게다가 주변의 어떤 나라보다 강력한 나라의."

시실리는 그렇게 말했지만 내게는 그렇게 생각하는 쪽이

더 신기하다.

“디스 아저씨는 숙부니까 괜찮아.”

그 사람은 친척인 숙부. 그 위치에서 변동이 없다.

아무리 왕처럼 행동해도 말이야.

“확실히…… 신 군의 집에서 폐하의 모습을 보면 그렇게 생각하는 것도 무리는 아니지만요…….”

시실리는 최근 신부 수업의 일환으로 계속 우리 집에 있으니 디스 아저씨와도 자주 만난다.

우리 집에서는 완전히 오프 모드니까 위엄이라곤 눈 씻고 찾아볼 수 없다.

나는 그런 모습을 전부터 봐왔고 줄곧 숙부라고 여겨왔다.

좋은 옷을 입고 있으니 나름대로 성공한 사람이라고는 생각했지만.

이제 와서 국왕이라고 말해도…….

엘스의 아론 대통령과 이스의 예카테리나 교황도 그렇다.

할아버지와 할머니가 가족처럼 대하니 그 두 사람도 국가원수라는 인식이 옅다.

처음에는 긴장했지만, 지금은 그 두 사람도 가족처럼 느껴진다.

그러나 그 이외의 국왕은 그렇지 않다.

거의 모르는 사람이고 다른 나라에서 최고로 높은 사람이니 솔직히 친근하게 말을 걸어와도 어떻게 대응해야 할지 곤란하다.

그래서 작은 나라의 국왕이 더 대하기 어렵다니까…….

시찰하러 오는 정도는 상관없지만 가능하면 그대로 인사도 하지 않고 돌아갔으면 좋겠다.

뭐, 내일은 말을 걸지 않을 테니 상관없겠지만.

"시실리, 내일은 어떡할 거야?"

"내일이요? ……아."

내일은 담 왕국이다.

알스하이드에서 열린 수뇌부 회의에서 내게 트집을 잡았던 나라.

그 나라의 국왕이 내게 인사하러 올 것 같지는 않다.

차라리 그러는 편이 편하다.

"……담의 왕께선 신 군에게 불만을 늘어놓은 분이시죠?"

"그렇긴 한데, 어떡할래? 내일은 집에 있을래?"

"아니요! 지친 신 군을 치유하는 게 제 역할이에요!"

힘주어 선언하는 시실리.

그러나 그 목소리가 너무 컸는지 스이드 왕국군과 알스하이드 군의 병사들이 이쪽을 향해 시선을 집중했다.

그 얼굴은 훈훈한 광경을 바라보는 표정.

"아으……."

그것을 깨달은 시실리는 머리에서 증기가 나올 정도로 새빨개져서는 내 뒤에 숨고 말았다.

그리고 맞이한 다음 날.

국왕과 마찰이 있었던 담 왕국에 도착했다.

담 왕국에도 알스하이드가 사전 통보를 해서 부여를 하기 위한 천막이 설치되어 있었다.

그 천막 옆에는 부여를 기다리는 무기가 명찰을 달고 쌓여 있었다.

지금 쌓여 있는 것은 훈련에 참가하는 사람들 몫.

그것이 끝나도 이번 전투에 참가하는 모두의 무기에 부여해야 한다.

"하아…… 오늘도 이만한 수의 부여를 해야 하는 건가……."

"히, 힘내요……."

어제의 지친 모습을 본 시실리는 걱정스러운 표정이었다.

실은 어젯밤 시실리가 부여를 돕겠다고 말했다.

복사기를 사용하면 누구든 부여할 수 있으니 시실리가 도와주는 것도 가능하지만…….

만약 그랬다간 누구든 부여할 수 있는 복사기의 존재가 들킬 것이다.

그러니 이 부여는 나밖에 할 수 없는 것처럼 보이기 위해 아무리 힘들더라도 나 혼자서 해야 했다.

시실리의 배려에는 고마워하면서도 그 도움을 거절했다.

어쨌든 대량으로 쌓인 무기에 부여하지 않으면 훈련할 수 없다.

우울하지만 서둘러 부여 작업에 들어가려 할 때, 담 왕국 측에서 말을 걸었다.

"잠깐 괜찮을까? 신 월포드 군."

"어?!"

설마 국왕이 트집 잡았던 나라에서 말을 거는 사람이 있을 줄은 몰랐기에 깜짝 놀라고 말았다.

"왜 그래? 그렇게 놀랄 일이야?"

놀라면서도 말을 건 남자를 보았다.

거기엔 검고 짧은 머리에 얼굴이 얇은 남성이 있었다.

기사 갑옷을 입고 곁에 호위로 보이는 기사가 있는 것으로 보아 상위 기사인 것 같았다.

그리고…… 눈이 가늘어 뱀 같은 인상을 주는 사람이었다.

"앗, 아니요. 아무것도 아니에요. 그것보다…… 무슨 일이신가요?"

담 왕국 기사단에서 지위가 높은 것 같은 남성에게 무슨 일인지 묻자 그 남성은 조금 신기하다는 표정을 했다.

"저기…… 왜 그러시죠?"

"응? 아아, 아니. 조금 의외라고 생각해서."

"네……."

뭐가 의외인지는 모르겠지만 처음 만나는데도 유난히 친근하게 구네.

"아, 말을 건 이유 말이지? 저번 회의에서 우리 폐하가 실례되는 말을 한 모양이라 미안했어."

"…… 네?"

"세계를 구한 영웅을 상대로 말이지. 무슨 생각일까, 우리 폐하는."

이봐요.

지금 이 사람 국왕을 잔뜩 비판한 거 맞지?

나도 모르게 식은땀이 나왔다.

아마 이 사람은 담 왕국 기사단에서 높은 지위의 사람 일 것이다.

그런데 자국의 국왕을 헐뜯는 발언을 했다.

뭐지? 왕족하고 친한 사람인가?

아직 스무 살 후반으로 보이는 국왕과 또래로 보이니 소꿉친구인 귀족인 걸까?

"어이쿠, 실례. 자기소개가 아직이었지. 나는 히이로 카툰. 담 왕국군의 사령장관이야."

담 왕국군의 사령장관?! 다시 말해 군의 통솔자인가! 이렇게 젊은데?!

그리고 이름…….

이 사람은 평민이다.

평민인데 왕족을 폄하한다고? 게다가 군의 최고봉?

뭐지? 이 뒤죽박죽인 느낌은?

그리고 군의 최고봉이라지만 갑옷을 입은 몸을 보면 주위에 있는 호위 기사들의 체격이 더 뛰어나다.

그렇게 강한 것처럼 보이지는 않는데.

물론 담 왕국에 사령관이 최강이어야만 한다는 법이 있는 것은 아니다.

지휘 능력이 뛰어나면 되기는 하지만…….

아, 이런. 너무 의아해서 대답을 하는 것을 잊고 있었다.

"죄, 죄송해요. 얼티밋 매지션즈 대표인 신 월포드입니다."

"하하, 알고 있어. 그래서 말을 걸었고."

"네……."

정말로 친근하게 구네.

"그런데 카툰 씨, 무슨 일이신가요?"

"음, 딱딱하네. 히이로라고 불러줄래? 경어도 금지. 나도 신이라고 부를 테니까."

"네?! 아니요, 처음 만나는 데다 연상인 분과 그런 태도로 대화할 수는 없어요!"

정말 이 사람은 뭘까.

연장자가 경어를 쓰지 말라고 해서 당장 그렇게 할 수는 없다.

황당한 제안을 강하게 거부하자 점점 더 알 수 없다는 표정을 했다.

"흠…… 그렇구나. 알았어, 월포드 군. 그냥 한마디 해두고 싶었을 뿐이야."

"네, 말씀하세요."

"담 왕국에서 너를 적대시하는 건 폐하뿐이야. 우리 쪽 사람이 두 번이나 최악의 불상사를 일으켰을 때 네가 막아준 것은 다른 모두가 알고 있어."

"그런가요?"

국왕이 그런 태도이니 다들 나를 싫어한다고 생각했다.

"당연하지. 너는 세계를 구한 영웅, 희망, 그리고 귀여운 약혼자까지 있지. 누가 봐도 용사잖아."

귀여운 약혼자라고 말하며 시실리를 위에서 아래까지 훑어보았다.

그 시선이 기분 나빴는지 시실리의 몸이 살짝 경직됐다.

대체 뭐지, 이 사람은?

"그런 너를 공공연하게 비판하다니 진짜 무슨 생각인 건지."

그나저나 아까부터 다른 사람도 있는데 이렇게 당당하게 국왕을 비판해도 괜찮은 거야?

친하게 구는 태도도 그렇고, 시실리를 바라보는 불손한 시선도 그렇고, 당당하게 국왕을 비판하는 성격도 그렇고, 솔직히 그다지 호감이 가지 않는 사람이네…….

"그걸 말해두고 싶었어. 그럼 부여 작업 힘내. 나도 훈련에 참가할 테니까."

"네, 알겠습니다."

현자의 손자 10권
©Tsuyoshi Yoshioka 2019
Illustration:Seiji Kikuchi
KADOKAWA CORPORATION
[NOT FOR SALE]

카툰 사령장관은 하고 싶은 말만 하고서 떠났다.

결국 그 사람은 자국 왕의 악담만 하고서 돌아갔다.

나도 모르게 시실리, 알스하이드에서 온 호위 기사들과 서로 마주 보며 갸우뚱했다.

대체 뭐였던 거지?

◆

신을 찾았던 담 왕국군의 사령장관 히이로 카툰은 아까까지의 경박한 표정은 온데간데없이 사라지고 미간을 찌푸린 채 혼잣말을 중얼거렸다.

"……뭐야. 보통 이럴 땐 상대가 누구든 바로 반말을 하는 법이잖아……."

그 목소리가 들리는 호위 기사들은 장관이 무슨 말을 하는지 들렸고 말도 알 수 있었지만, 의미를 알 수 없었다.

"그리고…… 젠장, 그건 또 전형적이네. 그렇게 귀여운 애가 약혼자라니……."

호위 기사들도 그건 이해했다.

신의 곁에 있던 소녀는 항간에 유명한 성녀다.

아름답고 자애로운 성녀.

그런 소녀가 신의 옆에서 따르고 있었다.

솔직히 상당히 부러웠다.

"……뭐 됐어. 마음에 들지 않지만 그 녀석을 적으로 삼는 건 어리석은 짓이야. 정말이지 폐하도 그 정도는 생각하고 행동했으면 좋겠는데……."

자국의 국왕을 비판하는 군의 통솔자.

그런 상황에 호위 기사들은 상당히 위험한 것을 느끼면서도 입장과 실력 차이 탓에 아무도 카툰에게 의견을 말할 수 없었다.

갈등하는 호위 기사들과는 상관없이 카툰의 혼잣말은 멈추지 않았다.

"뭐, 그런 폐하니까 이 소동이 끝난 뒤에는……."

크흐, 크크크.

무언가를 참는 듯한 웃음.

아까 국왕을 비판하는 모습을 본 호위 기사들은 이 사령장관이 생각하는 미래에 위험한 사상이 있을 것이라고 판단하여 경계했다.

"어디 그럼 한동안 치트 용사가 자랑하는 마도구의 훈련이라도 해볼까."

마지막까지 의미를 알 수 없는 말을 한다.

호위 기사들은 눈앞에서 수상함을 그대로 드러내는 장관을 경계했지만, 실력 차이를 생각해 그저 바라만 볼 수밖에 없었다.

◆

담 왕국에서 진행하는 바이브레이션 소드의 사용 방법 지도는 의외일 정도로 순조롭게 진행됐다.

그 이유는 담 국왕이 모습을 드러내지 않았기 때문이다.

어쩌면 부여하는 모습을 보여 달라고 트집 잡을지도 모른다고 생각해 스이드에서 마법 부여했을 때보다 천막의 호위를 늘렸지만 애초에 천막에 다가오는 사람조차 없었다고 한다.

아까 그 이상한 사령장관이 말한 것처럼 묘한 적대심을 지닌 것은 국왕뿐인 모양이었다.

담 왕국의 기사와 병사들은 예상 밖으로 나를 환대해주었다.

그리고 대부분의 사람은 담 국왕이 회의 자리에서 내게 트집을 잡았다는 사실을 몰랐다.

딱히 다른 사람에게 물어본 것은 아니다.

그러나 내게 인사하러 온 기사가 「폐하께서도 오셨으면 좋았겠지만, 갑자기 중요한 공무가 생기시는 바람에……」 하고 이 자리에 담 국왕이 없는 사실을 미안한 듯이 말했다.

그것으로 다들 국왕이 내게 트집을 잡았던 사실을 모르지 않을까 추측할 수 있었다.

그러나 그 이상한 장관은 알고 있었다.

그렇다는 건 그 국왕이 장관에게는 말했다는 뜻이다.

아까 자국의 국왕을 헐뜯는 발언도 그렇고, 역시 국왕과 사이가 좋은 걸까?

최근 왕위에 올랐을 테니 왕태자 시절에는 시민들 사이에서 활동했다거나 그러는 사이에 알게 된 관계인 걸까?

하지만…… 그런 것치고는 국왕의 생각은 자신들과 다르다며 선을 긋듯 말했는데…….

에잇! 원래는 이번 싸움을 생각해야 할 때인데 이상한 사람이 나오니 신경 쓰이잖아!

됐다. 실제 전투에 참가하는 것은 기사와 검사다.

국왕이나 장관은 전투에 직접 참가하지 않는다.

군인들이 우호적으로 훈련에 참가해준 것만으로도 다행으로 여기자.

국왕과 군의 사령장관이 사이가 나빠도 다른 나라의 내정이잖아? 참견했다가 내정 간섭이라는 소리를 들을지도 모른다.

애초에 내가 참견할 문제도 아니니 자국의 문제는 직접 해결하도록 놔두자.

이것저것 불필요한 생각을 하며 작업했기에 어제보다 더 지치고 말았다.

"으아…… 피곤해라……."

"수, 수고했어요……."

진이 빠진 채 부여용 천막에서 나온 나를 오늘도 시실리가 맞이해주었다.

평소 이상으로 지친 나를 보고 오늘은 치유 마법까지 걸어주었다.

아…… 치유된다…….

◆

"흠…… 이게 이번 작전의 비밀 병기구나……."

담 군의 사령장관인 카툰은 신이 부여해준 바이브레이션 소드를 들고서 마력을 담아 기동했다.

"그렇군, 초음파 진동인가……."

"뭔지 아시겠습니까?! 카툰 장관님!"

중얼거린 카툰의 말에 호위 기사가 물었다.

"그래. 마력을 담으면 칼날이 미세하게 진동하잖아? 그러면서 엄청나게 날카로워지는 거야."

"허어……."

호위 기사는 이해했는지 알 수 없는 미묘한 표정이었다.

"뭐, 모르는 것도 무리가 아니지. 그것보다 문제는 어떻게 이걸 부여를 했는지가……."

"장관님께서도 모르십니까?"

"이 효과를 부여하려 하면 문자가 아무리 많아도 부족해. 처음부터 무리인 부여라고."

"하지만…… 실제로 부여되어 있고…… 사도 님께서 천재

이기 때문이 아닐까요?"

종교색이 짙은 이 나라에서는 신을 사도라 부르는 사람이 많다.

신이 만들어낸 것이니 사도 님은 천재라는 말로 정리하려 하는 호위 기사에게 카툰은 내심 멍청한 녀석이라고 욕했다.

그러나 카툰으로서도 부여 방법을 전혀 알 수 없었다.

"칫…… 진짜배기 치트냐……."

원리는 알 수 있다. 그러나 부여한 방법을 모르겠다. 그러나 실제로 부여되어 있다.

카툰은 그 점에 무언가 비밀이 있지 않을까 하고 의심했다.

카툰은 자신의 목적을 위해 신에게 웃는 얼굴로 다가갔지만 내심 신을 상당히 싫어했다.

신과의 차이를 불합리할 정도로 느낀 카툰은.

"왜 그 녀석만…… 불공평하다고……."

호위 기사들에게도 들리지 않을 정도로 작은 목소리로 그런 말을 흘렸다.

◆

최대의 걱정거리였던 담 왕국의 훈련은 무사히 끝났다.

이제 남은 것은 카난과 크루트뿐.

엘스와 이스는 배송된 무기에 부여하는 것뿐으로, 훈련은 각국에서 바이브레이션 소드의 사용 방법을 습득한 병사가 지도하러 가준다고 한다.

카난의 최대 걱정이었던 할버드에 『초음파 진동』을 부여해도 정상적으로 기능하는지에 대한 점도 문제없이 기능했다.

다만…….

"이거 굉장하네!"

가란 씨가 그렇게 말하며 『초음파진동』이 부여된 할버드로 연습용 통나무를 싹둑싹둑 베었다.

본인이 그렇게 말하니 부여가 제대로 기능하는 것 같지만 솔직히 겉으로 보기엔 잘 알 수 없었다.

양치기…… 너무 강하잖아.

그리고 다음날, 크루트의 부여와 훈련도 문제없이 끝났다.

그리고 엘스와 이스에서 받은 무기의 전부에 부여하는 것도 끝내고 무기를 운반하는 사람들과 지도를 담당하는 병사들을 할아버지의 게이트로 보내주었다.

나는 엘스에 간 적이 없고 이스는 예카테리나 씨의 개인실밖에 모르니까.

실은 이후에 실전 훈련도 예정되어 있었지만 취소되었다.

바이브레이션 소드의 사용 방법 중 어려운 것은 마도구를 기동한 채 검을 휘두르는 것뿐.

그것을 익혔으니 훈련은 자신들끼리 할 수 있다는 요청이 있었기 때문이다.

솔직히 고마운 일이었다.

최근 며칠동안 꿈에서까지 검에 마법을 부여했을 정도니까…….

그리고 나보다 더 기뻐한 것은 미란다였다.

원래 가르침을 받는 입장인 사람들에게 실전 훈련까지 알려주어야 하는 상황이 사라진 모양이다.

실전 훈련이 사라졌다는 소식이 들렸을 때 보여준 미란다의 환한 미소가 잊히지 않는다.

……그렇게나 압박감을 느꼈었구나.

실전 훈련이 취소된 것을 시작으로 나는 해야 할 일을 미리 생각해두기로 했다.

그것은 가스톨 국장님에게도 약속한 것.

반드시 슈투름을 이기겠다고 한 말을 실현하기 위한 검증이다.

……솔직히 내가 최종 병기로 생각하는 마법은 이 싸움 이후 사용할 생각은 조금도 없다.

그 정도로 위험한 마법이고 마법 효과의 지향성이라는 물리 법칙 무시의 비기를 쓸 수 있다는 것을 알 수 있을 때까지 시도할 생각조차 하지 않았던 마법이다.

그러나 이것은 슈투름과의 최종 결전.

슈투름은 우리가 진다면 세계를 없애겠노라 선언했다.
그리고 높은 벽에 둘러싸인 구 제도…… 지금은 모두가 마도라 부르는 그곳에 가는 것은 세계의 최정예들.
우리가 패배하는 순간, 세계에는 더이상 슈투름에게 대항할 수 있는 전력이 없다.
왕후 귀족만이 아니라 일반 시민까지, 제국의 사람들을 무자비하게 몰살한 상대다.
자비를 기대할 수 없다.
반드시 이겨야 한다.
비장의 패를 아껴둘 상황이 아니다.
슈투름에게 반드시 이기기 위해서, 사용할 수 있는 모든 수단을 시험해볼 필요가 있다.
솔직히 이번에 시간이 생긴 것은 다행이었다.
이번에 시도해보고 싶은 것은 두 가지.
우선 그 마법.
그 마법은 너무 위험해서 평소의 황야에서는 시도할 수 없다.
시험할 장소는 정해뒀으니 문제는 없을…… 것이다.
그리고 또 하나.
이건 솔직히 내키지 않는다.
내키지 않지만 모든 시도를 해보지 않고서 나중에 해둘 걸 그랬다고 후회하고 싶지는 않다.

……하아, 이 검증을 시도하는 것도 이번뿐이야.

슈투름을 무사히 쓰러뜨린다면 두 번 다시 하지 않을 거다.

……하지만 역시 거부감이 드네…….

◆

"신이 이상하다고?"

"네…… 전하는 뭔가 아시는 것 없으신가요?"

"그렇게 물어도…… 최근 일주일은 나보다 클로드가 더 함께 있었잖아? 뭔가 짐작되는 일은 없었나?"

"그게 전혀……."

"그렇군. 그래서 구체적으로 어떤 것이 이상하지?"

"저기…… 최근 중얼중얼 혼잣말을 하게 됐어요."

"혼잣말?"

알스하이드 왕성에 있는 아우구스트의 방.

어쩐 일인지 이곳에 시실리가 찾아왔다.

남자인 아우구스트의 방에 혼자서 찾아가 이상한 오해를 받지 않도록 아우구스트의 약혼자인 엘리자베트도 함께였다.

아무래도 시실리는 신의 일로 아우구스트에게 상담하러 온 듯하다.

그 상담 내용이란 바이브레이션 소드의 제작과 사용 방법 지도가 끝나 시간이 생기자 신은 복잡한 표정으로 중얼중얼 혼잣말을 하게 됐다……는 것이다.

지나치게 대량의 부여를 한 탓에 기진맥진해진 신이 걱정스러웠던 시실리는 일주일 동안 줄곧 그와 함께 있었다.

그러나 그사이 상태가 이상해질만한 징조는 없었다.

시실리의 말을 들은 아우구스트는 혼잣말을 시작했을 뿐이라는 내용인데도 진지한 얼굴로 대응해주었다.

옆에서 이야기를 듣던 엘리자베트는 그 모습이 우스워 웃음이 나오고 말았다.

"잠시만 기다려보세요, 시실리 씨. 아우구스트 님께 상담할 이야기가 있다고 하니 무슨 일인가 했는데 신 씨가 혼잣말을 하게 됐을 뿐이라니…… 그게 걱정할만한 일인가요?"

"그래서? 어떤 내용의 혼잣말이었지?"

"그게…… 마력이 어떻다든가 입자가 어떻다든가……."

"마력? 입자? 그게 뭐지?"

"전혀 모르겠어요."

"자, 잠깐만요. 무시하지 마시어요."

엘리자베트는 자신을 무시하고 이야기를 진행하는 시실리와 아우구스트에게 항의했다.

두 사람의 얼굴이 진지한 것은 알겠지만 어째서 그렇게까지 심각해지는지 이유를 알 수 없었기 때문이다.

엘리자베트의 말을 들은 시실리가 미안한 듯이 엘리자베트를 바라보았다.

“아, 죄송해요, 에리 씨. 너무 신경 쓰이는 바람에…….”

“고작 혼잣말이 늘었을 뿐이잖아요? 이번 싸움은 인류의 운명이 걸렸다고 하잖아요. 중압감을 느끼는 게 아닐까요?”

“너무 쉽게 생각하는군. 에리는 신을 너무 몰라.”

엘리자베트의 말을 단칼에 부정하는 아우구스트.

엘리자베트는 그 말에 뺨을 부풀렸다.

“……아우구스트 님은 상당히 많이 이해하시는 모양이네요?”

“이상한 소리 마. 신은 중압감을 이기지 못할 정도로 약한 녀석이 아니야. 그 녀석의 머릿속은 슈투름을 어떻게 쓰러뜨릴지로 가득할 거다.”

“그럼 그 생각이 입으로 나오고 있는 것 아닐까요?”

“나와 클로드도 그렇게 생각하고 있지. 그리고 지금까지의 경험으로 봤을 때 그 녀석이 새로운 무언가를 생각할 때는…… 정상적이었던 적이 없었어.”

“……혼잣말을 할 정도로 생각에 잠긴 건 처음이라…… 어떤 황당한 일을 생각하는지…….”

지금까지 신이 하는 행동이라면 무조건 받아들여 주었던 시실리조차 그렇게까지 말했다.

그런 시실리의 말에 엘리자베트는 지금까지 신이 저지른 만행을 떠올렸다.

주변 일대를 날려버리는 마법이거나 하늘을 나는 마법이거나…….

대체로 사람의 상식을 뛰어넘었다고 밖에는 할 수 없는 마법들.

그런 신이 혼잣말을 할 정도로 생각에 잠겼다.

그 사실에 도달한 엘리자베트는 순식간에 얼굴이 창백해졌다.

"아, 아, 아우구스트 님! 당장! 지금 당장 신 씨를 심문해야 해요!"

이제야 중대한 사태임을 깨달은 엘리자베트가 아우구스트에게 제안했다.

"……심문은 과하고 사정을 물어보는 편이 좋겠군……."

"그러네요. 슬쩍 물어보기로 해요."

고작 혼잣말을 했을 뿐인데 사정 청취가 필요하다.

일반적이라면 무슨 소리냐고 의아해할 상황이지만 신은 지금까지 저지른 사건들로 인해 신용이 바닥을 쳤다.

시실리조차 물어봐야 한다며 반대하지 않았다.

일행은 신에게 살짝 물어보기로 했다.

◆

우리 집에 오그가 놀러 왔다.

어쩐 일인지 에리를 동반하고서.

"무슨 일이야? 혹시 또 이상한 오해라도 한 거야?"

"아니, 어쩌다 에리도 놀러 가고 싶다고 해서 데려왔을 뿐이야."

"흠, 그렇구나. 에리는 두 번째였나? 우리 집에 오는 거."

마지막으로 우리의 생일에 왔었으니 제법 오랜만이다.

"그그, 그러네요! 오랜만이어요!"

……뭐랄까, 에리가 수상하다.

"에, 에리 씨는 놀러 온다고 해도 저희 집이나 마리아의 집일 경우가 대부분이었으니까요! 남성의 집에 왔으니 긴장하기 마련이죠?!"

"그, 그래요! 시, 신경 쓰지 마시길!"

시실리의 설명으로 대충 이해했다.

가까이 지내 잊어버리기 쉽지만 에리의 집안은 공작이라는 귀족중에서도 최고위 집안.

왕가에 준한다고 해도 좋을 집안이다.

정말이지 곱게 자란 아가씨라서 약혼자인 오그의 집인 왕성 이외에 남자의 집에 간 적이 없을 것이다.

전에 왔을 때는 파티였고 다른 손님도 많았으니 괜찮았겠지.

뭐, 사정은 알겠지만 남자의 집이라해도 오그도 있고 오랫동안 함께 행동했었으니 그렇게 긴장하지 않아도 괜찮을 텐데.

"그렇구나. 뭐, 시실리도 있으니 그렇게 긴장하지 않아도 괜찮지 않아?"

"네! 긴장하지 않았답니다!"

아니, 엄청나게 긴장했잖아.

"에리는 신경 쓰지 않아도 돼. 그나저나 이번엔 꽤나 고생했겠군."

"응? 아, 부여해야 하는 무기가 너무 많아서…… 꿈속에서까지 부여했을 정도라니까……."

정말 큰일이었지…….

"그, 그렇군. 뭐 무사히 부여됐다면 다행이다만……."

이번에 대량의 부여를 위해 부여 복사기를 만든 사실은 오그와 디스 아저씨에게는 이야기했다.

디스 아저씨는 자신들이 의뢰했다보니 아무 말도 하지 않았지만, 표정이 굳어버린 것은 쉽게 알 수 있었다.

아버지이자 국왕인 디스 아저씨가 아무 말도 하지 않으니 오그도 별말 하지 않았다.

긴급 사태니까.

그것보다 그 이야기를 꺼낸 걸 보니 위로라도 해주러 온 걸까?

"이걸로 병사들도 재해급 마물과 대등하게 싸울 수 있겠지만……."

거기서 말을 끊은 오그는 가만히 나를 바라보며 말을 이었다.

"……우리 쪽은 어떻지? 슈트롬과 대등하게 싸울 수 있을까?"

역시 그 점이 신경 쓰이는구나.

"글쎄…… 일단 이것저것 생각하고는 있는데……."

그렇게 말하니 아까부터 이상하게 긴장하고 있던 에리가 더욱 경직됐고, 그녀뿐만이 아니라 오그와 시실리도 덩달아 긴장하기 시작했다.

"왜, 왜 그래?"

"아무것도 아니다. 그래서 무슨 생각을 한 거지?"

"음…… 잠깐 물어보고 싶은데, 오그는 마법에 대해 생각해본 적 있어?"

"당연하지. 어떻게 하면 너처럼 마법을 잘 다룰 수 있을지 매일 생각한다."

"아니, 그게 아니라."

"……무슨 뜻이지?"

그게 아니라 더 근본적인 부분이랄까…….

"마법 그 자체에 대해 생각한 적은?"

"마법 그 자체?"

"응. 어째서 이 세상에 마법이라는 것이 존재하는가에 대해서."

내가 그렇게 말하자 세 사람은 당황한 표정을 지으며 서로의 얼굴을 마주 보았다.

"그렇게 물으셔도 곤란하네요…… 그냥 그런 거잖아요? 저는 마법을 쓸 수 없으니 마도구를 쓸 수 없게 되면 곤란할 뿐이에요."

"그러네요. 생활의 일부에 마법이 깊게 들어와 있으니 전부터 당연하게 사용했어요."

"뭐지? 그런 생각을 했던 건가?"

최근 내가 생각한 것.

마법이란 무엇인가? 애초에 마력이란 무엇인가에 대해서다.

그것을 생각하게 된 것은 마법에 대해 어떤 의문이 있었기 때문.

그 의문이란 다른 사람들이 마법을 생각하는 방식에 있었다.

"너희는 말이지, 할아버지의 마법 단련법을 듣기 전까지 영창을 공부해 마법을 사용했었다고 말했지?"

"그래. 지금은 안이하고 잘못된 방식이라는 것을 뼈저리게 알 수 있지만."

"……그게 꼭 잘못됐다고 할 수 없을지도 몰라."

"뭐?"

내가 느낀 의문.

"잘 생각해봐. 오그는 마력 제어 훈련을 잘 하지 않았다고 했지? 하지만 영창으로 그럭저럭 마법을 사용했었고."

"그래."

"어째서?"

"이유를 물어도…… 무슨 뜻이지?"

다른 아이들은 할아버지에게서 마법의 정식 단련법을 듣고 내게서 과학적인 마법 이미지를 배우는 것으로 마법의 실력이 비약적으로 상승했다.

그전까지 그런 방식으로 단련한 적이 없고 지식도 없었다.

그런데도 그럭저럭 강력한 마법을 쓸 수 있었다.

모두가 할아버지의 이야기에 감명을 받았을 때 나는 반대로 충격을 받았었다.

"어째서…… 마력 제어를 단련하지 않고도 그럭저럭이라지만 강력한 마법을 쓸 수 있었을까?"

"……그건 확실히…… 어째서인가요?"

"저는 전혀 모르겠네요."

오그는 무언가 느끼기 시작했지만 답이 나오지 않아 답답한 것처럼 보였다.

시실리는 전혀 알 수 없어 했고 마법을 쓸 수 없는 에리는 생각조차 해본 적이 없었을 것이다.

"그건 그렇구먼."

"그래…… 전혀 생각해본 적이 없었네…… 어째서니?"

내 의문에 흥미를 느꼈는지 할아버지와 할머니도 이야기에 참가했다.

"멀린 님과 멜리다 님께서도 모르시는 겁니까?"

"그러게다…… 우리 때는 마력 제어를 단련하는 것으로 마법을 사용한다고 배웠으니 말이다."

"영창이 주류가 됐을 때는 멀린 탓에 안이한 방법이 유행한다고 생각했지만…… 확실히 신의 말 대로네."

『현자』라고 불리는 할아버지와 『도사』라 불리는 할머니까지 그런 생각을 해본 적이 없다고 한다.

"다른 사람들은? 마리카 씨나 스티브 씨도 마법을 쓸 수 있지?"

"네. 가사를 할 때 유용하니 다소의 지식은 있습니다만……."

"저도 집사라는 입장이지만 유사시에는 몸을 바쳐 주인님을 지켜드리기 위해 마법을 사용한 전투도 대비하고 있습니다. 하지만……."

""어째서 영창하는 것으로 강력한 마법을 쓸 수 있는지 생각해본 적은 없었습니다.""

다른 메이드들과 집사들도 고개를 끄덕였다.

내 의문은 바로 그 점이다.

과거에 할아버지의 마법을 동경한 사람이 있었다.

그 사람은 할아버지의 마법을 쓰고 싶었지만, 실력이 부족해 쓸 수 없었다.

그래서 할아버지의 마법을 떠올리며 영창을 하니 같은 마법을 쓸 수 있었다.

그것이 마법을 사용할 때 영창이 주류가 된 요인이라고 들었다.

"할머니. 전에 할아버지의 마법을 떠올려 영창을 만든 사람은 할아버지 정도의 실력자였어?"

"아니. 이름을 들어본 적도 없는 사람이었지."

"그렇다면 할아버지 정도의 마력 제어는 할 수 없었다는 뜻이지?"

"그래. 하지만 영창을 하는 것으로 똑같은 마법을 사용했었지……."

그래, 그게 이상했었어.

"어째서 영창을 하는 것만으로 자신의 실력 이상의 마법을 쓸 수 있게 되는 거야?"

"……정말로 근본적인 의문이네. 왜 지금까지 생각해본 적이 없었던 건지……."

내가 던진 의문은 정말로 아무도 생각해본 적이 없었던 듯하다.

과거 전생자들의 시대는 영창 주류의 시대가 아니었으니 이런 의문조차 없었을 것이다.

그러나 할아버지를 동경했다는 사람이 나타난 이후 마법계에 어떤 변화가 생겨났다.

그것이 바로 영창이다.

그 결과 도저히 떨쳐낼 수 없는 의문이 생겼다.

"마법은 상상하는 것만으로도 발동해. 영창으로도 발동하고. 그건 상관없어. 하지만 실력 이상의 마법을 쓸 수 있게 되는 건 역시 이상한 것 같아."

오그와 할아버지 할머니 이외에도 평소 조용히 우리를 지켜보기만 할 뿐인 고용인들까지 옆 사람과 대화를 나누는 등 약간의 혼란이 일어났다.

그만큼 아무도 신경쓰지 않았지만, 중요한 문제라는 것이다.

"신, 거기까지 문제를 제기한 것을 보면 그에 관한 해답, 혹은 가설처럼 뭔가 알게 된 사실이 있는 것 아니야? 그러니 혼잣말을 할 때까지 생각에 잠긴 것 아닌가?"

"혼잣말?"

"최근 신 군은 혼잣말이 많았어요. 그래서 뭔가 중요한 생각을 하는구나 싶었는데요……."

"어? 정말? 내가 혼잣말을 했어?"

최근 계속 그 사실과 새로운 마법만을 생각했으니까. 나도 모르게 혼잣말을 해버린 모양이다.

그러나 할아버지와 할머니를 시작으로 주변 사람들은 내가 혼잣말을 한 것보다 내가 어떤 결론을 내리지 않았을까 하는 오그의 말이 더 신경 쓰인 듯했다.

시선이 빨리 알려달라는 눈초리였다.

"아…… 아직 정말로 가설뿐이고 실험도 하지 않았어. 그래도 괜찮아?"

"상관없구나. 설령 어떤 황당무계한 가설이라 해도 마법계에 새로운 바람이 불지도 모르는 일이니 말이야."

"그리고 신이 생각한 일이니 어느 정도 논리적인 가설이겠지? 들어서 손해 볼 건 없겠지."

지금까지도 마법 능력 향상에 의욕을 불태우는 할아버지와 이상한 부분에서 나를 믿어주는 할머니의 말을 듣고 최근 내가 줄곧 생각했던 가설을 말했다.

"마법은 이 세계에 있는 마력을 모아 제어해서 이미지를 만들어 발동하는 거잖아."

"그래. 그게 마법이지."

마법의 기본을 이야기하자 할아버지가 동의했다.

"그럼…… 애초에 이미지라는 게 뭐야?"

"그건…… 마음에 떠올리는 사상……이잖아?"

내 질문에 오그가 답했다.

"이미지는 마음에 떠올리는 사상…… 그렇다면 마력은 우리의 『마음』에 반응한다는 거잖아?"

"그건 그렇구나. 『마음』에 반응한다……. 생각해본 적도 없었구나."

"신 군, 굉장해요. 그런 생각을 했었군요."

할머니와 시실리가 감탄했다.

그 『마음』에 반응한다는 것이 이 의문을 해소하기 위해 필요한 일이 아닐까 싶었다.

"그럼 이건 다른 이야기인데, 말이라는 게 뭐라고 생각해?"

"그야 물론 자신의 생각을 상대에게 전하는 것이랍니다."

"갑자기 당연한 걸 묻는군. 어째서지?"

그렇다. 말이란 자신의 생각을 상대에게 전하는 것이다.

당연한 사실에 에리와 오그가 갑자기 무슨 말인지 알 수 없다는 표정이었다.

하지만 이게 중요해.

"그 말이라는 건 말하는 사람에 따라 인상이 달라지지 않아? 예를 들어 열정이 전달되어 감동한다든가 내용이 잘 전달되지 않아 졸려진다든가."

"그건 그렇지. 이 할아비도 학생 시절엔 선생님의 말이 잘 들어오지 않아 자주 졸았었다."

"당신은 불량 학생이었으니까."

"그, 그건 아무래도 상관없잖아."

할머니가 엄청 궁금해지는 이야기를 꺼냈지만 그건 나중으로 미루자.

"말에 자신의 『의사』를 담아 이야기하면 상대에게도 전해지잖아? 그럼……."

나는 모두의 얼굴을 둘러보며 말했다.

"『의사가 있는 말』에 마력을 담으면…… 어떻게 될까?"

그 말에 모두가 깜짝 놀란 표정이었다.

아마도 이게 정답이겠지.

『언령』

전생의 일본에서는 자주 듣던 말.

말에는 힘이 있어 입에 담으면 현실이 된다.

그렇다면 현실에 마법이 있는 이쪽 세계라면 어떻게 될까?

그것을 우연히 할아버지를 동경한 마법사가 실현한 것이다.

그 결과, 실력에 맞지 않는 마법일지라도 언령이라는 힘을 얻어 발동되었다.

"아마도 그게 영창. 의사를 담은 말 자체에 힘이 있어서 마력 제어가 서툴러도 말의 힘으로 마법이 발동된 거야. 그게 실력에 맞지 않는 마법을 쓸 수 있게 된 원리인 것 같은데…… 어떻게 생각해?"

그렇게 말하며 모두를 둘러보니 다들 깜짝 놀란 표정이었다.

"그…… 그런 결론까지 잘 도착했구나……. 그러네, 의사가 있는 말이라……."

"……이미지란…… 마음에 떠오른 것만을 가리키는 것이라고만 여겼구먼. 말은 그 이미지를 보완하기 위한 것이라고만……."

"말 그 자체에 힘이 담겨있다는 건가. 확실히 그 말이 맞아."

"역시 신 군은 굉장해요……."

"신 씨는 대체 머리가 어떻게 된 건가요?"

다들 감탄하는 와중에 에리의 평가만 이상하다.

그보다 다들 깨닫지 못하는 것도 이상한 일이 아니다.

언령이라는 개념 자체가 일본 고유의 개념으로, 외국어로

번역하기 어렵다는 말을 들은 적이 있다.

전혀 다른 세계라면 더욱더 그렇다.

말에 힘이 담겨있다는 생각조차 하지 못했을 것이다.

고용인들도 감탄한 표정이었다.

그러나 아까 이상한 평가를 내린 에리는 잘 이해할 수 없다는 표정이었다.

"영창을 하면 자기 실력 이상의 마법을 쓸 수 있다고 한다면 지금 쓸 수 있는 마법의 위력이 더 올라간다는 뜻이잖아요? 그럼 전부 영창을 하는 편이 좋은 것 아닌가요?"

마법을 쓸 수 없는 에리이기에 가질 수 있는 의문이지.

"장단점이 있어. 사용하는 목적이 완벽하게 정해졌다면 영창으로 마법을 발동하는 편이 위력이 더 셀 거야. 예를 들어 토목 공사라든가."

"역시 위력이 오르는 거잖아요? 그렇다면……."

"하지만 전투라면 그럴 수 없어."

"전투?"

에리는 전투와도 관련이 없으니 알 수 없는 듯했다.

"영창을 이용하면 발동할 마법을 들킬 거다. 게다가 말하는 것으로는 이미지를 한 가지만 그릴 수 있으니 궤도를 수정할 수 없다는 점도 있지."

"치유 마법으로 치료할 때도 예상 밖의 상처가 발견될 때가 있어요. 그럴 때는 무영창이 아니면 빠르게 대응할 수 없거든요."

오그와 시실리가 에리에게 설명해주자 에리도 이해한 듯했다.

다시 말해 마법 자체의 출력은 오르지만 예상외의 사태에 대응하기 어려워진다.

"그래서 장단점이 있다는 거군요…… 사용 방법에 따라서 좋은 결과와 나쁜 결과가 나온다는 뜻으로요."

"그래서 신은 아까 『꼭 잘못됐다고 할 수 없을지도 모른다』고 한 거로군."

"그래. 영창은 나쁜 게 아니야. 때와 장소에 따라서 상당히 유용해질 수도 있어."

그것이 내키지 않지만 검증해야 할 사항, 그 첫 번째다.

지금까지는 부끄러워서 영창을 해본 적이 없다.

하지만 지금은 그런 말을 할 때가 아니다.

그래서 내키지 않지만 시도조차도 하지 않고서 후회하고 싶지 않으니 시도해보기로 했다.

하지만…… 역시 부끄러운데…….

"네가 또 마법에 대해서 황당한 발견을 한 건 알겠어. 하지만 전투에서는 쓸 수 없잖아? 어째서 슈투름과의 결전 이전에 고민할 필요가 있지?"

앗, 오그가 날카로운 점을 지적했다.

가능하면 그건 넘어가 줬으면 했는데.

"아니 뭐 이것저것 신경 쓰다 보니까……."

"그게 무슨 말이야. 이 타이밍에서 영창에 대해 고민한다는 건…… 설마 전투에서 사용할 생각인가?"

왜 오그는 이렇게 날카로운 걸까?

그 지적이 맞다.

"음, 일단 그럴 생각이야."

"말도 안 돼. 대체 무슨 생각으로……."

거기까지 말한 오그가 멈칫했다.

"……너 설마…… 영창을 들켜도 상관없을 정도로 강력한 마법을 사용할 생각인 건……."

"아니, 그건……."

오그의 말에 바로 대답할 수 없었다.

확실히 사용하기 주저할 정도의 강력한 마법을 사용하려 한다.

게다가 그 영창 내용은 아마도 슈투름은 모를 것이다.

검증해야만 하는 사항, 그 두 번째다.

슈투름이 모른다고 생각하는 이유는 전생의 지식을 꺼내지 않고서 설명하기 어렵다.

얼버무릴 수밖에.

"아직 잘 모르겠어. 실험해보지 않아서."

그렇게 말하자 오그는 깊은, 정말이지 폐의 모든 공기를 내보내듯 긴 한숨을 쉬었다.

"……슈투름이나 마인들과의 최종 결전을 앞둔 상황이 아니었더라면 실험조차 막았을 테지만…… 이번은 인정할 수밖에 없겠군. 하지만 잘 들어, 이것만큼은 약속해라."

"뭔데?"

약속?

"절대로 세계를 없애면 안 돼."

"뭐……."

무슨 바보 같은 소리냐고 말하려 했지만 오그는 무척이나 진지한 표정이었고 다른 사람들까지 진지함 그 자체였다.

그래서 나는 평소처럼 항의하지 못하고 오그의 말에 대답했다.

"알고 있어. 그렇게 되지 않도록 제대로 준비할게."

한동안 오그가 노려보았지만 어떻게든 이해해줬는지 다시 긴 한숨을 쉬었다.

"정말이지…… 듬직하다고 느껴야 하는 건지, 또 뒤처리하러 돌아다녀야 한다고 한탄해야 하는 건지……."

"잠깐만요, 신 씨. 저와 아우구스트 님의 시간을 빼앗지 마세요."

"알았어. 미안해."

오그의 말에 딱딱했던 분위기가 풀어졌다.

그제야 어깨의 힘이 빠진 모두가 저마다 말했다.

"마력은 마음에 반응한다……. 그건 확실하겠네."

"그렇구먼. 그거라면 치유 마법이 특기인 사람이 공격 마법을 어려워하는 것도 설명할 수 있지."

"그래?"

할아버지와 할머니는 지금까지 의문이라고 생각하지 않았지만 듣고 보니 이해가 된다는 사례를 말했다.

"그래. 핵심은 마음가짐. 치유 마법이 특기인 사람은 상대를 다치게 하는 것을 두려워하는 사람이 많단다. 그 마음이 반영됐을 테니 공격 마법의 위력이 떨어지게 되겠지."

"호전적인 사람일수록 공격 마법을 잘 다루는 것도 그런 이유에서이겠지."

내 가설을 계기로 현자와 도사라 불리는 마법의 전문가는 이것저것 떠오르는 모양이다.

설명하는 다양한 사례에 모두가 고개를 끄덕였다.

"저기, 그렇다면 치유 마법이란 자상한 마음에 반응한다는 뜻이어요?"

"그렇게 되겠구나."

"공격 마법은 공격적인 마음에 반응하는 거고요?"

"그래. 분노에 떨 때 마법의 위력이 오르는 것도 사실이니 말이다."

마법을 쓸 수 없는 에리는 모든 것이 신선하게 들릴 것이다.

다양한 마음 상태가 가져다주는 효과를 말이 끊어질세라 빠르게 질문했다.

그 질문에 할아버지와 할머니가 대답했지만 한 가지 대답할 수 없는 질문이 있었다.

그건…….

"그럼…… 깊은 슬픔과 증오를 느낄 때는 어떻게 반응할까요?"

그 질문에는 할아버지 할머니는 물론 나까지…… 아무도 대답할 수 없었다.

◆

"허, 영창에 그런 효과가 있었어?!"

"몰랐어."

S클래스 모두에게 이야기하자 앨리스와 린이 반응했다.

이 반 안에서 이야기를 직접 들은 것은 오그와 시실리뿐이지만, 일단은 유용한 이야기이니 모두에게 알려주기로 했다.

참고로 오그의 생각이다.

영창으로 적은 마력으로도 고도의 마법을 쓸 수 있다는 사실은 사용할 수 있는 곳이 한정적이고 무엇보다 전투 시에 그다지 활용할 수 없다는 이유로 공개하게 됐다.

실은 그 후에 이 이야기를 알스하이드 마법학술원으로 가져갔는데, 그때의 연구원들의 표정이 매우 재밌었다.

놀라고, 황당해하고, 그 후에 흥분했다.

그리고 마법학술원의 발표 전에 팀원에게 이야기했다.

"마력은 마음에 반응한다…… 전부터 마법에 가장 중요한 것은 이미지라고 들었는데도 그걸 깨닫지 못하다니……."

토르는 지금까지 깨닫지 못한 사실에 조금 분한 듯한 표정이었다.

"그나저나 신의 머릿속은 어떻게 된 거지?"

"그렇소이다. 공격 마법은 말 그대로 상식을 넘어선 수준이고……."

"마도구는 의미를 알 수 없잖아~."

"세계의 수수께끼였던 마석의 생성 원리도 해명했습니다."

토니가 황당해하며 꺼낸 말에 율리우스, 유리, 마크가 거들었다.

너 나 할 것 없이 황당해하는 표정이다.

뭐, 뭐야.

모두의 칭찬인지 놀림인지 알 수 없는 말에 미묘한 심정을 품고 있으니 어제 설명을 들었던 오그가 다른 각도의 질문을 던졌다.

"애초에 이번 이야기는 너무 당연하다 생각해서 모두가 의문으로 품지도 않았던 일이지. 신, 너는 언제부터 궁금해 한거지?"

언제부터?

그렇게 물어도 처음부터인데…… 그렇게 말했다간 또 이

상한 표정을 할 것 같다.

차라리 살짝 얼버무릴까.

"저기…… 할아버지에게 마법을 배웠을 때부터?"

"뭐, 뭐라고?! 너 처음 마법을 사용한 게 세 살이라고 하지 않았어?!"

아, 이런.

처음 마법을 사용했던 게 세 살 때였지!

이렇게 된 이상 그대로 밀고 나갈 수밖에 없어.

"어, 아…… 마, 맞아. 엄청 궁금했었어. 마법은 이미지로만 발동하는데 어째서 영창을 하는 사람이 있을까, 하고."

"……천재의 발상은 우리가 이해할 수 없군. 세 살 때의 기억은 거의 없지만 마법이나 마도구에 대해 의문을 품은 적은 한 번도 없다."

"저도 세 살 때는 기억이 없어요. 가장 오래된 기억이 네 살 정도입니다. 다섯 살 파티부터는 기억하고 있는데……."

오? 어쩐지 의도한 대로 다들 멋대로 착각해주는 모양이네.

오그와 마리아가 황당해하면서도 자신 속에서 타협한 것 같다.

"신 군이 볼 때 이 세상은 신기함으로 가득 차 있었군요. 저도 그렇게 생각한 적이 없었어요."

"맞아요. 그런 의문을 품는 능력이야말로 월포드 군이 굉장한 이유의 본질인 것 같다는 생각이 들기 시작했어요."

최근 사이가 좋아진 시실리와 올리비아는 솔직하게 감탄해준 것 같다.

시실리와 올리비아의 반응에 마음이 훈훈해졌을 때, 처음에 감탄한 뒤 생각에 잠긴 듯한 앨리스가 질문했다.

"저기, 신 군! 마력이 자신의 마음에 반응한다는 건 자기 생각대로 된다는 뜻이지?!"

"뭐, 그런 셈일까?"

"그렇구나! 알겠어!"

무언가를 이해한 듯한 앨리스가 다시 생각에 잠기더니 마력을 모으기 시작했다.

야! 여긴 교실이라고!

상당한 양의 마력을 모으고 있는데 괜찮은 거야?!

그렇게 생각한 순간, 앨리스가 무어라 영창을 시작했다.

『나는 바란다! 내 마음과 배를 채우기 위해 감미(甘美)롭고도 감미(甘味)로운 케이크를 여기에 만들어라!』

……야.

『스위트!』

앨리스의 의사가 담긴 말과 함께 흩어지는 마력.

그보다 영창하는 단계에서부터 흩어지기 시작했었지?

마력이 완전히 흩어지고 주위로 묵직한 침묵이 내려왔다.

황당해하는 건지 웃음을 참고 있는 건지.

아무도 입을 열려고 하지 않았다.

그중에 한 명, 얼굴이 새빨개진 앨리스가 나를 노려보았다.

창피를 당한 분풀이인가?

"신 군은 거짓말쟁이! 이렇게 진심으로 원하는데 케이크가 나오지 않잖아!"

"바보냐! 그런 게 나올 리가 없잖아!"

분풀이하려나 싶었더니 예상치도 못한 항의였다.

마음에 반응한다는 건 그런 뜻이 아니라고!

"앨리스……."

"왜? 린."

"……바~보."

"으갸~!"

린과 앨리스의 술래잡기가 시작됐다.

확실히 앨리스의 행동은 바보 그 자체였지만 덕분에 한 가지 알게 된 사실이 있다.

그것은 마법으로는 물체를 만들 수 없다는 것.

아니, 정확하게는 『물체처럼 복잡한 물건은 간단히 구현할 수 없다』고 말하는 편이 좋을까?

아마도 마력이란 이 세계의 대기 중에 가득한 정신 감응성이 높은 물질.

그 물질이 우리의 마음에 반응해 이미지화 한 결과에 맞춰 그 『성질』을 바꾸는 것으로 추측된다.

여기서 주목할 점은 바뀌는 것이 『성질』만이라는 것.

물체는 다양한 요소가 얽혀 구성되어 있으니 성질만 바꾼다 해도 물체를 구현할 수 없다.

그리고 그 『성질』을 바꾸지 않고 결정이 되는 것이 『마석』이겠지.

투명한 돌처럼 보여서 『마석』으로 불리지만 『마석 결정』이라고 말하는 편이 자연스러울 것이다.

어쨌든 그런 가설을 세웠는데, 마석 생성 이외에는 아직 검증하지 않았다.

그건 말이지…….

아무리 실험이라지만 마법으로 케이크를 만드는 둥 바보 같은 짓을 실행하기엔 상당한 용기가 필요하잖아…….

그런데 방금 앨리스의 실패로 거의 확증을 얻을 수 있었다.

앨리스는 여러모로 안타까운 아이지만…… 지금의 실험 결과는 크게 칭찬해줘도 좋겠지.

왜 그렇게 칭찬하는지 다른 사람들이 물어볼까 무서워서 하지 않을 거지만!

그리고 지금 실패한 앨리스의 마법에서 한 가지 신경 쓰이는 점이 있었다.

"앨리스."

"하아, 하아, 왜?"

린을 쫓다 숨을 헐떡이는 앨리스를 불러 방금 마법에 대해 물어보기로 했다.

"방금 그 영창 말인데, 그거 직접 생각한 거야? 아니면 참고한 게 있어?"

"직접 생각했는데?"

"그렇게 짧은 시간에?"

"응. 그나저나 이상하네. 지금까지 적당히 만든 영창으로도 실패한 적이 없었는데 왜 이번엔 실패했을까?"

적당히…… 그러고도 발동하는 거야?

앨리스의 마법이 실패한 원인은 알고 있으니 가볍게 넘어가고 영창에 관해 생각했다.

영창은 적당히 해도 된다.

그보다 원래는 이미지의 보완으로 고려했던 것이라고 했던가.

그런 애매한 인식으로도 발동한다.

마력은 정말로 우리의 마음에 직접 반응해주는구나.

그리고 말이란 자신의 이미지를 더욱 명확하게 만들어주는 효과가 확실히 있는 모양이다.

그렇다면…… 잠깐 시험해볼까.

"방과 후에 황야에 가볼까……."

실험하고 싶은 것이 있으니 황야에 가볼까 생각한 것이 나도 모르게 입 밖으로 나온 모양이다.

다들 깜짝 놀란 표정으로 일제히 나를 보았다.

"뭐야? 이번엔 무슨 짓을 저지를 생각이지?"

"워, 워, 월포드 군! 정말로, 진짜로! 세계를 파멸시키지만 말아 주세요!"

내가 무슨 짓을 저지른다는 것을 전제로 한 오그도 너무하지만, 그것보다 올리비아가 너무하다.

세계를 구하기 위해 싸움에 나서려는데 그 전에 망가뜨릴 리가 없잖아!

"딱히 이상한 짓을 저지르려는 것도 아니고 세계를 파멸시킬 생각도 없어! 그냥 조금 실험해보고 싶은 게 생겼을 뿐이라고!"

"실험? 그럼 멜리다 님께도 보고해야지."

"아, 그래, 마리아. 신 군. 할머님 없이 실험을 진행하면 혼날 거예요."

시실리의 말대로 실험은 할머니한테 말해놔야 하나.

그럼 방과 후에는 바로 황야에 가지 말고 일단 집으로 돌아가자.

방과 후의 예정이 정해지고 어떤 식으로 실험할까 고민하고 있으니 앨리스가 생각을 가로막았다.

"왜 케이크가 나오지 않은 거야? 응? 신 군, 어째서?!"

아직도 포기하지 않았어?!

우선 물체는 복잡하니 무리라는 둥 적당한 이유로 설명했다.

설명에 납득한 모양이니 그 이상 설명하지 않았다.

더 자세하게 설명해줘도 상관없지만 어째서 그런 걸 알고 있는지를 설명할 수 없으니까 말이야.

그리고 찾아온 방과 후.

일단 집으로 돌아가 인솔자인 할머니만이 아니라 내가 하려는 일에 관심을 보인 할아버지도 데리고 황야에 왔다.

할머니는 벌써 관자놀이와 배에 손을 얹고 있었다.

"네 마법 실험을 지켜보러 이곳을 찾아올 때마다 위가 아파……."

"속이 작은 할멈이구먼. 나는 이번에 신이 뭘 보여줄지 기대가 되는데."

"당신이 그러니까 신이 이렇게 됐잖아!"

아, 처음으로 마법을 선보였을 때와 똑같은 반응이네.

할아버지가 할머니에게 혼났다.

"저기, 놀지만 말고 슬슬 시작해도 돼?"

""노는 거 아니다!""

"호흡도 척척 맞네."

이렇게 호흡도 잘 맞는데 무슨 소리인 건지.

"……나는 여전히 저 두 분의 싸움을 말릴 자신이 없다만……."

"역시 가족이네요. 저렇게 간단히 두 분의 싸움을 말릴 줄이야."

오그와 토르가 예상지도 못 한 찬사를 보냈다.

하지만 그런 칭찬을 받아도 기쁘지 않다고.

어쨌든 지금은 실험이다.

"음, 우선……."

마법을 기동하기 위해 마력을 모았다.

그 양은…… 극소.

마법사로서 마법을 발동할 수 있는 아슬아슬한 수준이다.

"이건…… 지금까지와는 반대인 전개네."

"흠. 뭘 할 생각인 거냐?"

할머니와 할아버지의 대화를 들으면서도 대답할 수 없었다.

지금부터 하려는 일에 긴장과 집중이 필요했기 때문이다.

지금부터 하려는 것은 영창 실험.

다만 지금까지 한 번도 시도하지 않았던 영창을 이제 와서 만드는 것은 무리다.

거기서 힌트가 된 것이 앨리스가 사용했던 영창이다.

마법 그 자체는 실패했지만 영창에 대한 생각을 트이게 해주었다.

영창의 정의가 그렇게까지 엄밀하지 않다면 그다지 부끄럽지 않은 방법으로도 발동할 수 있을 것 같았다.

"그럼 간다."

시도할 것은 불 마법.

전에 마법 학원의 입학시험에서 본 영창은 부끄러우니 하고 싶지 않다.

하지만 이거라면…….

『착화』

그 한 마디로 약하게 모인 마력이 반응해 불씨가 되었다.

『연소 촉진』

불씨에 가연성 물질을 더하듯이 말하자 불씨는 극적으로 커졌다.

『범위 지정』

그리고 잊어선 안 되는 마법 효과 범위의 지정.

『발사』

마지막으로 발동하는 말을 하자 크기가 커진 불덩이가 발사되었다.

목표지점에 도달한 불덩이는 뒤와 좌우로는 효과를 미치지 않고 전방으로만 그 위력을 해방했다.

그 착탄한 장소를 바라보니…….

"오…… 굉장하네."

극히 소량의 마력만으로 마법을 사용했는데 처음으로 디스 아저씨에게 마법을 선보였을 때와 비슷한 크기의 크레이터가 생겼다.

"영창이라는 건 굉장하구나."

그렇게 말하며 모두를 돌아보니…… 황당해하거나 무서워하는 것이 아니라 미묘한 표정이었다.

어째서?

"신, 너, 영창이라는 건……."
"뭔가 달라! 뭔가 다르다고, 신 군!"
"그래요! 영창이라는 건 조금 더…… 시적이라고나 할까……."
오그는 곤혹스러운 듯했고 앨리스는 살짝 화를 냈으며 올리비아는 영창이란 더 시적인 것이라며 항의했다.
어, 그러니까 그 시적인 영창을 하고 싶지 않았던 거라니까.
시적인 영창을 하고 싶지 않았던 나는 하나하나의 현상을 차례대로 말해보기로 했다.
그 결과가 방금의 자작 영창이다.
……아니, 솔직히 그걸 영창이라고 불러도 된다고 생각하는 건 아니야.
하지만 시적으로 말하든 사무적으로 말하든 효과가 똑같다면 나는 사무적으로 말하는 쪽을 택하겠다.
"뭐 어때. 결과는 똑같으니까. 그리고 실전에서는 긴 영창을 할 수도 없고."
실험해본 결과 역시 영창은 전투에서 쓸 수 없을 것 같다.
전부터 지적이 있었던 것처럼 기동할 수 있는 마법이 극히 한정되어 응용하기 어렵다.
그리고 지금 실험으로 새롭게 알게 됐는데 기동할 때까지 시간이 걸린다.
만약 영창을 사용한다면 장거리 공격 수단으로 사용할 수밖에 없다.

그런 사실을 설명하자 린이 어떤 제안을 했다.

"그럼 마도를 감싼 벽 위에서 마도를 향해 마법을 쏘면 돼."

린의 제안에 나 이외의 모두는 복잡한 표정을 지었다.

이쪽 세계의 전쟁은 우선 서로에게 마법을 쏜 후에 군대가 격돌하는 것이 주요 흐름으로, 다양한 전법이 존재하지만 장거리에서 일방적으로 마법 공격을 퍼붓는 것은 비겁하다고나 할까 그런 식으로 받아들인다.

그래서 다들 그것이 유효한 전법이라고는 생각해도 비겁한 수단이라는 생각 때문에 복잡한 표정을 한 것이겠지만, 나는 다르다.

전생에서는 안전한 곳에서 초장거리 원격 폭격을 하는 것이 보통이었고 지상전은 난전이 된다는 인식이 있다.

그래서 심적으로는 린의 의견에 찬성하지만 어떤 이유로 반대할 수밖에 없었다.

"확실히 좋은 방법이지만…… 그럴 수 없어."

"왜? 역시 비겁하다고 생각해?"

린도 이것이 비겁한 수단이라고 생각하는 모양이다. 거부한 이유를 비겁하기 때문이라고 생각한다.

"좋은 방법이라고 말했지? 그 공격 수단 자체는 문제없다고 생각해. 하지만……."

"하지만 뭐지?"

말끝을 흐린 나에게 오그가 재촉했다.

"어중간한 마법으로는 슈투름에게 들켜 막힐 거야. 그렇다면 그것을 뛰어넘는 마법을 사용해야 하는데……."

그렇게 말하며 모두의 얼굴을 보자 다들 긴장한 표정으로 나를 바라보았다.

"……그런 엄청나게 강력한 마법을 원거리에서 발사하면…… 그 부근의 상당히 넓은 범위가 사람이 살 수 없는 토지가 될 거야."

"역시 그 이야기는 취소. 잊어줘."

이야기를 꺼낸 린이 곧바로 자신의 생각을 취소했다.

내가 린의 제안을 실행할 경우의 피해를 상상했는지 다들 창백해진 표정이었다.

"먼저 이야기를 들어보길 잘했군. 그렇지 않았으면 신이 그 작전을 의뢰했을 가능성도 있었어."

"네. 역시 마도로 들어가 직접 마인들을 토벌할 수밖에 없겠어요."

오그가 한숨을 쉬며 사전에 들어보길 잘했다고 말하고 토르는 이번 전투의 방침을 확인했다.

"그럼 잠깐 연습해볼까."

"이번엔 무슨 마법을 시도할 생각이지?"

"폭발 마법."

내가 그렇게 말한 순간 다들 제트 부츠까지 사용하면서까지 내게서 거리를 벌리고서는 자신과 마도구의 마력 장벽을 전개했다.

"이제 됐다!"

"큰 거 날려봐!"

"하지만 적당히 봐주세요!"

오그, 앨리스, 올리비아가 만반의 준비를 마치고 말했다.

야.

아까 지향성 실험도 했었잖아.

도대체 왜 이렇게 날 믿어주지 않는 거냐고.

◆

신이 불 마법에 이어 폭발 마법을 시도하자 옥신각신하는 광경을 지켜본 멜리다가 불쑥 어떤 말을 했다.

"저 아이는 좋은 친구를 가졌네."

"정말 그렇구먼."

멜리다와 멀린은 감회가 깊은 표정으로 아이들과 장난치는 신을 보았다.

"방금 그 이야기를 들어도 전과 다름없이 저 아이를 대해주고 있구먼."

신은 린의 제안에 원거리에서 슈투름을 쓰러뜨릴 수 있을 정도의 마법을 『쓰지 못한다』가 아니라 『쓰지 않는다』고 말했다.

그 말은 즉, 신이 주변 몇 킬로 일대를 괴멸시킬 수 있는 마법을 쓸 수 있다고 자백한 셈이다.

그러나 다른 아이들은 그런 마법을 쓸 수 있는 신을 두려워하지 않고 오히려 쓰지 않아 다행이라고 말했다.

그리고 신도 아이들에게 설명할 때 자신이 광범위 섬멸 마법을 쓸 수 있다고 말하는 것을 주저하지 않았다.

"저 아이를 마법 학원에 입학시킬 때 기대도 됐지만 불안한 부분도 많았지. 저 엄청난 힘을 두려워해 다가오는 아이가 없지 않을까, 하고."

"허허. 나는 믿고 있었어. 신은 착한 아이야. 저렇게 착한 아이를 무서워하는 사람이 있을 리가 없지."

"흥, 이제 와서 무슨 소리를 못 해."

"뭐야?"

멀린과 멜리다는 그렇게 다툰 뒤 한동안 서로를 노려보았지만 이내 웃음을 흘렸다.

"뭐, 그런 걱정도 옛일이구먼. 저걸 보라고, 저 즐거워 보이는 모습을."

"귀여운 약혼자까지 찾아서는. 나는 빨리 증손주 얼굴을 보고 싶어."

"그러기 위해서라도……."

"그래, 이 싸움에서 이겨야 하겠지."

"흠, 그렇다면."

"그래, 그렇게 할 거지?"

방금 전 즐거워 보이는 손자를 지켜보던 조부모의 미소에서 역전의 용사와 같은 표정이 된 두 사람.

그렇게 서로의 얼굴을 마주 보고는…….

""……!""

무심코 목을 움츠릴 정도로 커다란 소리가 울렸다.

"무, 무슨 일이냐?!"

"대체 무슨 일이니?!"

두 사람이 시선을 보낸 쪽에는 「큰일이다!」 하는 표정으로 이쪽을 바라보는 신이 있었다.

아마도 뒤이어 진행한 폭발 마법의 영창 실험에서 마력 조절을 실패했겠지.

그 결과로 멀린과 멜리다를 놀라게 할 정도의 대폭발을 일으킨 듯했다.

모처럼의 진지한 분위기를 엉망으로 만든 것과 이번에도 엄청난 짓을 저지른 신에게 멜리다의 분노가 폭발했다.

"신! 정말이지 얘는!"

"으앗! 미안, 할머니!"

"얘! 당장 서지 못해!"

도망치는 신과 쫓아가는 멜리다.

그 두 사람을 바라본 멀린은 별수 없다는 듯이 어깨를 으쓱였다.

그리고 방금 멜리다와 서로 확인한 것을 생각했다.

"어디, 디세움에게는 뭐라고 말할꼬."

그렇게 중얼거리며 멜리다에게 설교를 듣는 신을 바라보았다.

제4장

결전을 향해

“저, 정말이십니까?”

알스하이드 왕성에서 국왕인 디세움이 왕성을 찾아온 멀린과 멜리다에게 깜짝 놀란 듯이 물었다.

“음. 만에 하나 이번 싸움에서 패배한다면 세계가 끝을 맞이하니 말이다.”

“그렇다면 젊은이들에게 맡기겠다고 하지 않고 동원할 수 있는 전력은 전부 동원하는 편이 좋을 것 같았어.”

멀린과 멜리다는 이제 곧 시작될 마인 올리버 슈투름과의 최종 결전을 앞두고 어떤 제안을 하러 왔다.

그 제안이란.

“멀린 님과 멜리다 스승님이 이번 결전에 참여해주신다면 전력 증강 면에서도, 병사들의 사기 향상 면에서도 상당히 큰 의미가 있습니다.”

멀린과 멜리다 두 사람도 슈투름과의 최종 결전에 참가하겠다는 이야기였다.

“허허. 뭐 우리의 동기는 불순하다만.”

“그러게. 절대로 질 수 없는, 지고 싶지 않은 이유가…….”

그렇게 말한 멜리다는 훗 하고 웃었다.

"증손주 얼굴을 보고 싶으니까."

"즈, 증손주 말씀입니까……."

멀린과 메리다의 손자인 신과 약혼자인 시실리.

두 사람은 이번 인류의 위기같은 사건이 없었더라면 이미 시실리가 임신을 했어도 이상하지 않을 정도로 사이가 상당히 좋았다.

그러나 인류 사상 최강의 마법사인 신은 그렇다 하더라도 약혼자인 시실리의 실력 또한 인류의 위에서부터 세는 편이 빠른 위치에 있다.

그런 실력을 지닌 마법사가 전장에 나갈 수 없는 것은 커다란 전력 손실이며 무엇보다 사람들이 이해해주지 않을 것이다.

그래서 이 전투가 끝날 때까지는 신과 시실리의 아이…… 다시 말해 멀린과 멜리다는 증손주의 얼굴을 볼 수 없다.

무엇보다 이 전투에는 인류 자체의 존망이 달렸다.

증손주의 얼굴이 보고 싶다는 이유로 이 전투에서 절대로 질 수 없는 멀린과 멜리다는 이번만큼은 전력을 아낄 때가 아니라며 참전을 결정했다.

"이렇게 됐으니 미셸에게도 말을 걸어볼까."

"그러게. 최근엔 제자를 가르치기만 하느라 실전에서 멀어졌을 테니까."

인류의 존망을 건 전투에 나서려는데 멀린과 멜리다는 전혀 부담스럽지 않아 했다.

같이 소풍 가자고 권유하자는 듯 가벼운 태도로 전 기사단 총장인 미셸에게도 말해보자고 이야기한다.

디세움은 그런 두 사람을 그리운 표정으로 바라보았다.

"이제는 호호 할아버지가 됐다고 생각했습니다만, 전투가 벌어지니 여전하시군요, 멀린 님."

"음? 무슨 뜻이냐?"

"뭐야, 그걸 몰랐니?"

"그러니까 무슨 말이냐고?"

디세움과 멜리다에게 지적받은 멀린은 두 사람이 무슨 말을 하는지 전혀 알 수 없었다.

그런 멀린을 보고서 멜리다와 디세움은 쓴웃음 지었다.

"당신, 지금 웃고 있거든."

"그 표정, 전에는 자주 봤습니다. 용맹하고 전투를 즐기는 사냥꾼의 표정을 말이죠."

"으음, 그랬나."

두 사람의 지적에 자신도 모르게 얼굴을 쓰다듬는 멀린.

전성기에 비하면 육체적인 측면으로는 쇠약해졌겠지만 신에게 자극을 받아 마법적인 측면으로는 더욱 진보한 멀린.

이 두 사람의 참전을 발표하면 병사들이 어떤 반응을 보일지.

디세움은 점잖지 못하게 두근거리고 말았다.

◆

"뭐?! 할아버지하고 할머니도 참전할 거야?!"

"저, 정말이신가요?!"

왕성에서 돌아온 할아버지와 할머니에게서 충격적인 고백을 들었다.

무려 슈투름과의 최종 결전에 할아버지와 할머니도 참전한다는 이야기였다.

"뭐니, 우리가 싸우면 안 된다는 거니?"

"아, 아니, 그렇게 생각하는 건 아닌데…… 갑자기 무슨 일이야?"

지금까지 할아버지와 할머니는 젊은이의 싸움에 늙은이가 끼어들면 안 된다는 이유로 우리가 마인을 상대로 싸웠던 때도 참전하지 않았다.

뭐…… 한 번은 놓쳐버린 마인이 알스하이드로 다가왔을 때는 뒤처리를 해주긴 했지만…….

이렇게 전투에 적극적으로 참가하는 일은 지금까지 없었다.

"흠, 이번 전투는 마인의 모든 세력과 전면전을 벌이는 것 아니냐?"

"맞아."

"다시 말해 이 전투가 마지막 전투겠지?"

"응, 그렇지."

"만약, 만약에 말이야, 만에 하나 너희가 지기라도 한다면……."

"그때는 인류의 종말이 찾아올 터이지."

그렇다. 이번 전투는 각국 모두가 최대 전력을 투입한다.

절대로 지면 안되는 싸움.

그래서 바이브레이션 소드까지 빌려주었다.

이번 전투에서 인류의 최대 전력이 패배한다면, 인류에게는 마인을 막을 수단이 남아 있지 않다.

우리가 패배한다. 그것은 곧 인류의 종말을 의미한다.

그건 알고 있는데…….

"하지만 할아버님, 할머님, 지금까지는 『현 세계의 문제는 현 세대가 해결해야 한다』며 간섭하지 않으셨잖아요? 어째서 갑자기?"

그렇다. 시실리가 지적한 것처럼 그 점을 모르겠다.

"뭘, 현 세계의 문제는 현 세대가 해결해야 한다는 생각은 다름이 없다만."

"지금까지는 신의 힘이 있으면 쉽게 질 일이 없다고 생각했었지만 이번 상대는 그렇지도 않잖니."

확실히 이번 전투의 최대의 적, 슈트름에게 확실히 이길 수 있다고 단언할 수 없다.

그리고 이번 전투에서 상대할 마인들은 지금까지 상대했던 마인들과는 다르다.

내가 없었을 때 상대했던 다른 아이들이 자칫하면 질 수도 있었을 정도다.

"만약 네가 지기라도 해보렴. 우리는 굉장히 후회하게 될 거란다."

"그렇다면 방관하다 후회하는 것보다 차라리 참전해버리자고 생각한 게지."

"소 잃고 외양간을 고칠 수는 없을 노릇이잖니."

그럴 가능성이 있다면 후회할 길을 가지 않겠다는 뜻인가.

"그리고 말이다……."

"또 있어?"

지금 설명으로도 어느 정도 이해했는데 할아버지에겐 아직 이유가 남은 듯했다.

"지금까지는 젊은이들이 문제를 해결해야 한다고 손을 떼고 있었다만 솔직히 좀이 쑤셔서 말이다."

"참아왔던 만큼 날뛰고 싶은 거지."

"그게 무슨 이유야?!"

어? 뭐야? 두 사람 모두 사실은 싸우고 싶은 걸 참고 있었어?

와…… 할아버지의 얼굴에 지금까지 본 적 없었던 당당한 미소가 떠올랐다.

평소의 호호 할아버지는 어떻게 된 거냐고?!

"할아버님과 할머님은 역시 전사시네요. 전에 책에서 읽었던 그대로예요! 굉장하세요!"

"응?"

나는 호전적인 할아버지와 할머니의 모습에 무척이나 놀랐지만 시실리는 그렇지 않은 듯하다.

두 사람을 보며 눈동자를 반짝이고 있다.

그리고 그것은 시실리만이 아니었다.

"오오, 큰 주인님, 큰 사모님…… 영웅이…… 영웅께서 돌아오셨다!"

"아, 이 얼마나 멋진 일인가요!"

집사장 스티브 씨와 메이드장 마리카 씨가 존경과 동경이 담긴 시선을 보냈다.

다른 고용인들도 마찬가지였다.

……미안합니다, 가족은 이 분위기를 따라가지 못하겠습니다.

어쨌든 다들 흥분하는 것을 보면 병사들도 같은 반응일 것이다.

오히려 과거의 영웅과 함께 싸운다며 더 흥분할지도.

사기를 높인다는 의미로는 할아버지와 할머니가 참여해준 것만으로도 의미가 있을지도 모른다.

그건 그렇고 이것만큼은 주의를 줘야지.

"할아버지, 할머니."
"응? 뭐냐?"
"무슨 일이니?"
"……지나치게 다른 사람의 공적을 가로채면 안 돼."
그렇게 못을 박아두니…….
"""……."""
두 사람 모두 휙 시선을 돌렸다.
"잠깐! 진짜로 날뛸 생각이었어?!"
"뭐, 그 정도면 딱 적당한 편 아니겠냐."
"그래. 우리는 마물들을 해치울 테니 너희에게는 마인들을 부탁하지. 그리고……."
날뛰는 것을 긍정해버린 할아버지와 할머니.
할머니는 또 뭔가 말하고 싶은 게 있는지 나와 시실리를 교대로 보며 씩 웃었다.
"이기고 돌아오면 우리에게 증손주 얼굴을 보여주렴. 알겠지?"
"잠깐! 무, 무슨 말이야?!"
뭐야, 그 사망 플래그 같은 말은?! 진짜 그러지 말라고!
나는 할머니가 한 말이 사망 플래그로 들려 당황했지만 시실리는 그런 생각조차 할 수 없었던 듯하다.
"즈, 증손주…… 신 군의 아이…… 처음은 남자아이가 좋을까? 아니면 여자아이? 어머, 『처음은』이라니……."

시실리는 내 옆에서 무언가 망상을 하고 있는지 얼굴을 붉게 상기시키며 몸을 비비 꼬았다.

……뭐랄까…… 사망 플래그에서 벗어난 것만 같다…….

"어, 어쨌든 다치면 안 돼!"

"허허, 최근 1년 정도는 왕도에 있었으니 마물을 사냥하지 않았다만, 뭐 괜찮겠지."

"그래. 마물 따위에게 우리의 방어 마법이 뚫릴 것 같으니?"

또 플래그를 세우는 말을!

이제 좀 그만!

그렇게 생각하며 옆에 있는 시실리를 보았다.

"이름은 어쩌지? 둘이서 생각해야 할까? 아니면 할아버님과 할머님의 의견도 들어보는 편이…… 하지만 역시……."

이번엔 뭔가를 진지하게 생각하며 망상에 빠진 시실리.

응.

어쩐지 다시 플래그에서 벗어난 것 같다.

뭐, 이 두 사람이라면 어지간한 일이 일어나도 괜찮겠지.

재해급 마물들은 할아버지와 할머니가 있으면 섬멸하는 것도 시간문제일 테니까.

그렇다면 문제는 역시 나……인 셈이다.

이제 결전까지 얼마 남지 않았다.

슬슬 그걸 시험해볼까…….

◆

슈투름이 이끄는 마인들과의 최종 결전에 할아버지와 할머니가 참전하기로 정해졌다. 그 소식을 병사들에게 알렸을 때의 열광적인 분위기는 무척이나 굉장했다고 한다.

그리고 할아버지 할머니는 최전선의 마인 토벌이 아니라 병사들과 함께 마물 토벌에 참가한다는 말을 듣고 책과 무대에서만 보았던 영웅과 함께 싸울 수 있다며 열광적인 분위기가 더욱 가속되었다고.

그 소식은 통신기를 통해 순식간에 전 세계에 퍼졌다고 한다.

그나저나…….

"그렇게 열광할만한 일이야?"

학교에 가서 오그에게서 할아버지가 참전한다는 말을 들은 병사들의 상태를 들었지만, 솔직히 병사들의 기분을 이해할 수 없었다.

그렇게 생각하며 물어보니 오그는 이해할 수 없다는 표정을 했다.

"당연하지. 멀린 님과 멜리다 님이잖아."

"하지만 그건 과거의 영광이잖아? 두 사람 다 이제 연세도 제법 드셨고. 그런 할아버지, 할머니에게 큰 기대를 품어도……."

두 사람 모두 확실히 말해 이미 노년이다.

그런데 두 사람이 참전한다고 말한 것만으로도 전 세계가 이렇게 열광한다고?

의미를 모르겠네.

"과거의 영광이라니…… 너, 진심으로 그렇게 말하는 거야?"

"전하, 신 님은 두 분의 책이나 연극을 본 적이 없다고 하니까요……."

"아, 그랬지."

"뭐야. 왜 둘이서만 이해하는 거야."

오그와 토르는 내가 할아버지와 할머니의 책과 연극을 본 적이 없기 때문이라며 멋대로 이해한 모양인데, 대체 뭐를 어떻게 이해한다는 거지?

"확실히 두 분은 노년에 접어드셨을지도 모르지만 마법사이시잖아? 연령은 상관없지."

"아니, 그건 알겠는데."

마법사의 강함에 연령과 성별은 관계없다는 것은 알고 있다.

그러나 전장에 나가는 이상 체력은 필요하잖아.

"확실히 마법 실력은 올랐지만 이번 전장은 제법 넓잖아? 꽤 넓은 범위를 벽으로 에워쌌는데."

"……두 분을 보면 그런 걱정은 필요 없을 것 같다만……."

뭐, 둘이서 장난치는 모습을 보면 괜찮을 것 같기는 한데…….

"말은 그렇게 해도 역시 가족이로군, 신. 괜찮아 보이지만 조부모님이 전장에 나가는 게 걱정되나?"

"당연하지!"

말로는 과거의 영광이니 노년이니 말했지만, 속으로는 꽤 걱정됐다.

그런 나를 본 오그는 딱히 놀리지 않고 달래듯 말했다.

"확실히 가족인 너에겐 멀린 님과 멜리다 님은 평범한 조부모님이겠지. 하지만 다른 사람들에겐 달라."

"하지만 직접 볼 수 없을 확률이 더 높잖아?"

"그래도 희대의 영웅이 함께 싸워주잖아. 그것만으로 사기가 오르기엔 충분한 이유야."

오그와 나눈 대화를 듣고 있던 마리아가 그렇게 끼어들었다.

"신 군. 할아버님과 할머님이 참전하신다는 말을 들었을 때 다른 사람들의 반응, 그게 세간의 반응이에요. 본 적이 없는 걸 보고 싶은 건 당연하잖아요."

"시실리도?"

"그건…… 두 분께서 무척이나 친절하게 대해주시지만 실제로 전투하시는 모습은 한 번밖에 본 적이 없으니 보고 싶기도 해요."

"그렇구나."

"하지만……."

"응?"

"두 분 모두 이제는 가족이니까요. 저도 걱정되는 마음이 더 커요."

전장에서 활약하는 모습을 보고 싶지만 이제는 가족이라고 생각하니 전장에 나가는 게 걱정된다고.

시실리도 그렇게 생각해주는구나.

"그 말을 두 사람한테 해주면 좋을 텐데."

"말씀드렸더니 눈물을 보이셨어요."

이미 실행했다고 한다.

그나저나 그때의 상황이 눈에 선하다.

"할아버지는 소리 죽여 울고 할머니는 안아줬어?"

"혹시 봤어요?"

시실리가 놀랐지만 그 정도는 간단히 상상할 수 있다.

할아버지, 할머니는 나를 영웅의 손자라는 색안경으로 보지 않고 신 월포드라는 개인에게 호의를 보내는 시실리를 무척이나 마음에 들어 한다.

그런 시실리가 영웅으로서의 힘을 보여 달라는 것이 아니라 몸 걱정을 해준다면…….

그 두 사람이라면 그렇게 행동하겠지.

그런 대화를 시실리와 나누고 있으니 주위에서 미적지근한 시선을 보내는 사실을 깨달았다.

"시실리는 이제 완전히 월포드 가문의 사람이네!"

"이제 그냥 이름도 시실리 월포드로 바꾸지."

"애, 앨리스 씨! 린 씨! 무, 무슨 마흘!"
앨리스와 린이 놀리자 시실리의 얼굴이 새빨개졌다.
혀가 꼬였어.
"하지만 벌써 위화감이 없는 걸~?"
"그러네요. 저는 현자님과 도사님이 싸우는 모습을 볼 수 있으면 기쁘겠지만 시실리 씨는 몸 걱정부터 하다니…… 확실히 이미 가족이나 마찬가지네요."
유리와 올리비아도 동의했다.
"저, 저기! 하지만! 그런 건 식이 끝난 뒤에……."
"당연하잖아. 뭘 진심으로 받아들여."
얼굴은 붉어졌지만 싫지는 않은 모습의 시실리에게 마리아가 지적했다.
"아, 아으……."
시실리는 얼굴에서 증기가 나올 정도로 새빨개졌다.
일반적으로 결혼식을 올릴지 말지를 결정하는 것은 개인의 자유지만, 성녀로써 유명해진 시실리가 『시실리 월포드』가 되기 위해서는 반드시 이 전쟁에서 이겨 예카테리나 교황이 결혼식을 거행해주어야 한다.
"반드시 이겨야지……."
여성들로부터 짓궂은 말을 들으면서도 살짝 기뻐 보이는 시실리를 바라보며 나도 모르게 그렇게 중얼거렸다.
그러자 그 소리를 들은 오그가 방금까지의 진지한 표정과는 다른, 히죽이는 표정으로 이쪽을 바라보았다.

"뭐, 뭐야?"

"아니, 괜찮네. 여자를 위해 승리를 거머쥔다. 이야깃거리로 제격이군."

이야기?

서, 설마?!

"오, 오그…… 너 설마 지금 이야기를 책으로 만들 생각은……."

혹시나 하는 마음에 그렇게 물어보니.

"훗, 소재를 제공해줘서 고맙다."

"아! 역시!"

히죽이며 다가온 건 그러기 위해서였어?!

그 작가의 표현 방식이라면 읽는 내가 부끄러워지는 장면이 될 거라고!

으으…… 내가 대체 왜 이야깃거리를 제공한 거지…….

"아, 그건 그렇고."

"……쳇. 최근 들어 회복이 빨라졌어. 재미없군."

"야! 뭐, 그 이야깃거리를 쓸 수 있을지 여부도 이 싸움에 달렸지. 이겨야 해……."

그럼 슬슬 비장의 수단을 시험해둘까.

해야 한다는 것은 알고 있지만 주저하는 부분도 있다.

정말로 잘될까?

자칫하면 슈투름과 전투를 벌이기 전에 내가 사고에 당해 죽거나 세계에 큰 대미지를 줄 수도 있다.

하지만 해야만 한다.

'……각오해둘까.'

이것만큼은 오그가 알면 안 되니 말할 수 없다.

아무에게도 들리지 않도록 마음속으로 결심했다.

그렇게 마음먹었으니 어디서 실험할지 정해야 한다.

아무도 봐선 안 되니 육지에서 상당히 떨어져있어야겠지.

그렇다면 결행 장소는…….

바다.

계속 공중에 떠 있을 필요가 있는데, 그러기 위해서 부유 마법을 병행하면 집중력이 흐트러질 수밖에 없다.

그렇다면 마도구를 만들까.

부유 마법을 부여할 뿐이라면 일부러 빈 공방에 의뢰할 필요도 없다.

그렇다면…….

결행은 오늘 밤.

비장의 마법을 시도한다.

이것은 세계 평화를 위해 필요한 일.

그렇게 자신을 타일렀다.

◆

학원이 끝난 뒤 평소처럼 우리 집으로 왔던 시실리도 자신의 집으로 돌아가고, 이제는 잠자리에 들기만 하면 되는 시간.

방으로 돌아온 나는 새로운 구두를 꺼내 『부유 마법』을 부여했다.

거기에 마석을 달아 상시 발동.

이제는 할아버지와 할머니가 잠들기를 기다리는 것뿐이다.

그렇게 시간이 흐르기를 기다리고 있을 때.

『따릉따릉』

무선 통신기의 착신을 알리는 알람이 울렸다.

"여보세요?"

이런 시간에 누구지?

그렇게 생각하고 통신을 받았는데…….

『아, 신 군. 자고 있었나요?』

시실리였다.

"아니, 아직 일어나 있었어."

『역시…….』

역시?

무슨 말이…….

『신 군…… 뭔가 위험한 짓을 하려는 것 아닌가요?』

"응?"

깜짝 놀랐다.

확실히 내가 하려는 실험은 자칫 잘못하면 목숨을 잃을 수도 있다.

그뿐만이 아니라 세계에 막대한 상처를 남길지도 모른다.

그래서 시실리에게 걱정을 끼치지 않도록 그 실험에 관해선 이야기하지 않았고 들키지 않도록 주의했었다.

실제로 할아버지와 할머니조차도 모르신다.

그런데…….

"무, 무슨 말이야?"

갑자기 정곡을 찔려 동요한 나머지 살짝 말을 더듬고 말았다.

『……잠깐 기다려주세요.』

시실리는 그렇게 말하며 통신을 끊고서 바로 내 방에 게이트를 열고 나타났다.

약간 화난 표정이었다.

그리고 시실리는 어떤 것을 보았다.

"신 군, 그건 뭔가요?"

"어? 앗!"

이런.

방금 부유 마법을 부여한 구두를 감추는 걸 깜박했다.

"마석이 달려 있네요."

"아, 그게, 이건……."

딱히 나쁜 짓을 하려는 것이 아닌데도 시실리에게 말하지 않았던 점이 약간 떳떳하지 못한 부분이었다.

그러자 그 모습을 본 시실리의 분위기가 딱딱해진 것을 알 수 있었다.

"신 군…… 대체 뭘 하려는 건가요?"

그 질문으로 볼 때 내가 바람을 피운다는 식의 이상한 오해를 한 것은 아니라는 사실을 알 수 있었다.

그러나 무언가 숨기는 일이 있는 것은 알아차렸는지 무엇을 할 생각이냐고 다그쳤다.

여기까지 와서 괜히 얼버무렸다가는 사태가 악화될 가능성이 있다.

"……실은."

나는 솔직히 지금부터 하려는 일을 시실리에게 털어놓았다.

그러자 시실리의 휘둥그레진 눈에서 눈물이 떠오르기 시작했다.

"어?! 시실리?!"

"신 군, 바보!"

무슨 일인지 물으려 하자 시실리는 소리치며 그대로 가슴으로 뛰어들었다.

"그렇게 위험한 일을 혼자서 하려고 하다니! 만에 하나…… 만에 하나 무슨 일이 생기면 어쩔 건가요?!"

상당히 충격이나 보다.

시실리는 지금까지 내게 보여준 적이 없을 정도로 화를 내고 울면서 내 가슴을 때렸다.

"신 군에게 무슨 일이 생긴다면! 인류의 희망을 잃게 된다면 다른 사람들은 어떡하면 되나요?!"

그렇게 말하며 화내는 시실리에게 아무런 말도 할 수 없었다.

"신 군을 잃는다면…… 저는 어떡하면 되나요……."

마지막에는 내 가슴에 얼굴을 파묻고 흐느껴 울기 시작했다.

시실리의 말을 듣고서 나는 처음으로 이 실험이 실패했을 때의 상황을 상상해보았다.

이번 실험은 아무에게도 말하지 않았다.

만약 만에 하나의 사태가 벌어진다면 다른 사람들은 내가 어느 날 갑자기 사라졌다고 생각할 것이다.

그렇게나 사이가 좋았던 약혼자인 시실리를 두고서.

가까워진 마인과의 결전도 내팽개치고서.

나는 자신만의 책임이라고 생각해서 시실리의 사정을 고려하지 않았다.

품 안에서 오열하는 시실리를 바라보니 커다란 후회가 밀려들었다.

"미안…… 미안, 시실리."

"흑…… 흐응."

"내가 너무 제멋대로였어…… 미안."

"신 군……."

"하지만…… 이건 해야만 하는 일이야."

내가 그렇게 말하자 시실리는 내게서 살짝 몸을 떨어뜨렸다.

"그건 알고 있어요! 그렇게 중요한 일을 혼자서 몰래 하려고 하니까 화가 난 거예요!"

시실리는 뾰로통한 얼굴을 새빨갛게 물들이며 울먹이는 눈으로 나를 노려보았다.

그야 그렇겠지.

시실리도 위험하지만 필요한 일이라는 것을 이해하고 있다.

화가 난 것은 누구에게도 상담하지 않았던 일인가…….

"미안."

"그렇게 제가…… 저희를 못 믿겠어요?"

"그, 그렇지 않아!"

나는 그저 걱정을 끼치고 싶지 않아서…….

"……저도 갈래요."

"뭐?"

다른 아이들을 믿을 수 없을 리가 없다고 말하려 했지만, 시실리가 먼저 자신도 함께 실험에 따라가겠다고 말했다.

"간다니……."

"원래라면 모두가 와줬으면 좋겠지만…… 저만이라도 함께 갈래요."

"어, 어째서……."

"만에 하나의 사태가 벌어진다면 제가 전력을 다해 신 군을 지킬 거예요."

"그, 그럼 밤중이지만 모두를 부르는 편이 좋잖아."

제멋대로인데다 밤중에 폐를 끼치는 이야기지만 이렇게 된 이상 모두 함께 있는 편이…….

"……만약의 사태가 벌어지더라도 마인과 싸울 수 있는 사람은 남겨두는 편이 좋으니까요."

그렇게 말한 시실리의 눈에는 단호한 결의가 보였다.

……나란 녀석은 정말 한심하네.

나는 시실리처럼 생각할 수 없었다.

전생의 기억이 있고 지금까지 마법 실험에서 큰 실패를 한 적이 없었으니 이번에도 괜찮으리라고 가볍게 생각했다.

그러나 시실리는 그런 느슨한 내 생각과는 다르게 목숨을 걸고 나를 지키겠다고 말했다.

나는…… 그런 결사의 각오를 하지 않았다.

만약 그대로 실험에 성공했더라면 나는 거만해졌을지도 모른다.

이 마법이 있는 한 질 리가 없다고.

그러나 그런 생각으로는 이길 수 있는 일도 이길 수 없게 될지도 모른다.

이거 시실리에게 한 수 배웠네.

"미안, 시실리. 내가 방심했었던 모양이야."

"신 군……."

"같이 가자. 만에 하나의 사태가 벌어지지 않도록 세심히 주의할게."

"네!"

그렇게 정해졌으니 시실리의 구두에도 같은 부여를 해야 한다.

지금 신고 있는 구두에 『부유 마법』을 부여하고 마석을 달았다.

지금까지 몇 번이고 같은 마법으로 하늘을 날았고 평소에도 제트 부츠를 사용하고 있으니 부유 마법이 부여된 구두도 어색하지 않게 사용할 수 있었다.

"이런 장비까지 마련하면서, 대체 어디서 실험할 생각이었나요?"

"아, 그건……."

나는 발코니 문을 열고서 시실리와 함께 밤하늘로 날아올랐다.

만에 하나의 사태에 대비해 시실리와 마법 실험을 하러 가겠다고 적은 쪽지를 남겨두고서.

"이쯤이면 되려나?"

"이렇게 멀리까지…… 대체 어떤 마법을 시험할 생각인가요?"

나와 시실리는 밤하늘을 빠르게 날아 먼바다까지 나왔다.

안타깝게도 구름이 낀 탓에 별들이 수놓인 하늘을 볼 수 없었다.

"뭐, 지켜봐. 그럼……."

시실리가 질문했지만 지금부터 실험할 마법은 설명해도 이해할 수 없을 테니 실제로 보여주기 위해 마법 준비를 시작했다.

우선 마력을 모았다.

내가 제어할 수 있는 한계치의 아슬아슬한 정도까지…….

"이, 이건?!"

지금까지 한계치 부근까지 마력을 모았던 적은 없었다.

모이는 마력량에 시실리가 놀랐지만 여기서 집중력을 잃어서는 안 된다.

그리고 마음을 굳힌 나는 생각했던 주문을 읊었다.

그리고…….

"가라!"

나는 하늘을 향해 마법을 쏘았다.

마법은 하늘을 일직선으로 가로지르며 굉음과 함께 작렬했다.

이쪽 피해는 일절 없다.

다행이야, 성공했어. 하지만…….

"뭐, 뭐, 뭐뭐뭐……."

"하, 하하. 조금…… 위력이 너무 셌나?"

시실리는 하늘에 뜬 채로 허리에 힘이 풀린 듯했다.

뭐 무리도 아닌가.

왜냐하면…….

아까까지 하늘을 뒤덮었던 구름이 흔적도 없이 사라졌으니까…….

◆

마법 실험을 마친 우리는 게이트를 사용해 돌아왔다.

"이걸 쓸 일이 안생겨서 다행이네."

나는 만에 하나의 사태를 위해 남겨뒀던 쪽지를 마법으로 불태워 없앴다.

그리고 시실리를 바라보니 내 침대 위에 주저앉아 있었다.

"시실리, 괜찮아?"

"신 군……."

어라? 혹시 화난 거야?

"왜, 왜 그래……."

"그렇게 굉장한 위력의 마법이라니!"

아, 그 마법의 위력에 놀랐구나.

나도 예상하지 못한 위력이었으니까.

설마 하늘에 걸린 구름을 전부 날려버릴 줄은 몰랐다.

"무서웠어요…… 무서웠다고요……."

시실리는 그 마법을 쓰는 걸 막겠다고 따라왔는데 역시 사전에 그 위력을 말해두지 않은 건 좋지 않았던 모양이다.

시실리는 아직도 파르르 떨고 있었다.

"미리 말해둘 걸 그랬어. 미안."

"……용서하지 않을 거예요."

"응?"

정말로?

용서해주지 않을 거야?

그런 말을 듣는 건 처음이라 어떻게 해야 하나 고민하고 있으니.

"……꽉 안아주지 않으면 용서해주지 않을 거예요."

뾰로통하게 뺨을 부풀린 채 그렇게 말한 시실리.

그 모습이 귀여워서 바로 시실리를 안아주었다.

"미안."

"……더 꽉 안아주세요."

시실리의 요청에 응해 더 강하게 안았다.

"앞으로 혼자서 위험한 행동을 하지 말아주세요."

"응. 알았어."

"다른 사람들도 더 믿어줘요."

"응."

이제 제법 진정된 걸까?

그렇게 생각해 밀착했던 몸을 조금 떨어뜨리고 시실리에게 물었다.

"이제 용서해줄 거야?"

그러자 시실리는 예상 밖의 요구를 했다.

"……키스해주면 용서해줄게요."

안아주면 용서해주는 것 아니었어?!

물론 할 거지만!

"시실리……."

"신 군……."

그날 시실리는…….

아침이 밝아오기 전에 남몰래 돌아갔다.

◆

신이 슈투름을 상대하기 위한 마법을 준비하고 있을 무렵, 아우구스트와 다른 얼티밋 매지션즈들도 마인들에게 대항하기 위해 다양한 대책을 세우고 있었다.

앞서 슈투름 부하 마인과 싸웠을 때 교착 상태에 빠져 타개할 수 없었기 때문이다.

세간에서는 영웅 집단이니, 천재 마법사 집단이니 하며 추켜세웠지만 실제로 최전선에 섰을 땐 전혀 도움이 되지 않았다.

그들은 원래 자신들을 천재라고 생각하지 않았고 전부 신 덕분에 강해졌다는 것을 자각하고는 있었지만, 정말로 힘을 발휘해야 했을 때 신에게 도움을 받았다는 사실은 그들의 마음에 깊은 후회를 남겼다.

자신들이 세계를 구하겠다고 자만했던 것 같지는 않았지만, 그런 기대를 받고 있었는데도 그 기대를 배신하고 말았다.

그들의 마음에는 그런 죄책감이 있었다.

그래서 다가올 마인과의 최종 결전을 위해, 아우구스트는 얼티밋 매지션즈 구성원들에게 마인과 싸울 수 있는 기술을 익히도록 지시했다.

물론 명령한 아우구스트 본인도 마찬가지였다.

그러나 마인과의 결전까지 남은 시간은 고작 한 달.

그렇다 보니 마인에게 대항하기 위해서는 새로운 아이디어가 필요했다.

그리고 아우구스트에게는 그 아이디어가 있었다.

"진심이십니까? 전하."

"신 님 이외에 그런 걸 할 수 있는 사람이 있을 것 같지는 않사옵니다만……."

아우구스트의 아이디어를 들은 토르와 율리우스의 감상이었다.

"아니, 신이 할 수 있었어. 우리가 할 수 없을 리가 없지."

"그건…… 신 님이라는 사례가 있었으니 불가능하지는 않겠지만…….”

아우구스트의 말에 이해는 한다고 말한 토르였지만, 아우구스트가 하려는 것이 무척이나 어려운 일이라고 생각했다.

“확실히 어렵겠지. 하지만 모두에게 그렇게 말해놓고서 내가 그 정도도 할 수 없으면 본보기가 안 돼.”

아우구스트의 말에서 담긴 강한 의지를 느낀 토르는 그 이상 토를 달지 않았다.

“하아…… 스스로 어려운 길을 걷고 싶어 하시는 버릇은 여전하시군요.”

“뭐, 그것이야말로 전하이시니 말이오. 그것보다 소인들은 어떡하면 좋겠소?”

“글쎄요…….”

아우구스트는 자신만의 목표가 생겼다.

그러나 토르와 율리우스는 마인에게 대항할 수 있는 아이디어가 떠오르지 않았다.

그렇게 고민하는 두 사람에게 아우구스트가 제안했다.

“마인 쪽에서 일방적으로 싸움을 걸어왔다. 고지식하게 일대일로 싸울 필요는 없잖아?”

그 말에 토르와 율리우스는 무언가 깨달은 듯 서로의 얼굴을 바라보았다.

“그렇군요. 둘이서 힘을 모을까요.”

“그렇게 정해졌으니 지금부터는 연계 훈련을 시작하겠소.”

두 사람의 방침도 정해졌지만 아우구스트가 한 가지 걱정되는 점을 말했다.

“둘이서 연계하는 것은 좋다만 율리우스, 최근에 검을 휘두르고 있나?”

질문을 받은 율리우스는 조금 곤란한 표정을 했다.

“그게…… 소인은 고등 마법 학원의 학생이고 얼티밋 『매지션즈』의 일원이오니…… 마법 연습뿐, 검술은 오랜만이라…….”

“그럼 둔해진 검술로 싸우는 것보다 더 좋은 방법이 있잖아?”

“더 좋은 방법…… 말씀이시옵니까?”

율리우스가 알 수 없어 하자 아우구스트가 씩 웃었다.

“있잖아. 네 특기 마법이.”

“특기 마법…….”

거기서 율리우스는 자신이 고등 마법 학원에 합격할 수 있었던 이유를 떠올렸다.

“그걸 최대한 살릴 수 있는 무기로 싸우는 편이 좋지 않겠어?”

“확실히…… 전하, 감사하옵니다. 이것으로 소인이 가야 할 길이 보이기 시작했사옵니다!”

“그래. 그럼 다행이군.”

“토르! 수행 전에 가고 싶은 곳이 있소! 같이 가주실 수 있겠소?”

“그건 상관없습니다만, 어디로 갈 생각이죠?”

"그야 물론 빈 공방이오!"

이렇게 아우구스트는 새로운 마법 훈련을, 그리고 빈 공방에서 새로운 무기를 조달한 율리우스는 토르와 연계 훈련에 매진했다.

그리고 며칠이 흐른 어느 날, 그날도 얼티밋 매지션즈의 연습장에 아우구스트와 율리우스, 토르가 모였다.

"전하, 훈련은 어떻게 되고 계십니까?"

"아. 이미 익힌 것 같다. 한번 볼 텐가?"

아우구스트는 그렇게 말하며 훈련의 성과를 두 사람에게 보여주었다.

그 마법을 직접 본 토르는 왕족에 대한 빈말이 아니라 진심으로 감탄했다.

"굉장하군요…… 설마 정말로 습득하실 줄은 몰랐습니다."

"소인도 솔직히 무리가 아닐까 생각했사옵니다."

"그래? 요령을 파악하니 의외로 간단하게 할 수 있었어."

그런 아우구스트를 보니, 평소에는 신의 비상식적인 능력에 가려졌지만 아우구스트도 충분히 천재라 불릴 만한 인물이라는 것을 다시금 실감했다.

"그러는 너희는 어떻지? 훈련의 성과는 있었나?"

"네. 새로운 무기가 율리우스와 상성이 꽤 좋은 모양이라 많은 진척이 있었습니다."

"솔직히 본가가 기사 가문이기에 무기라면 검을 제일 먼저 떠올렸습니다. 하지만 지금은 이 무기가 무엇보다 편하옵니다."

"그래, 그거 다행이군. 이걸로 우리 쪽은 어떻게든 됐다."

"네. 아슬아슬했습니다만……."

자신들의 훈련이 잘 마무리되어서 다른 멤버들의 동향이 궁금해지기 시작한 세 사람은 다른 사람들이 어떤 결론을 냈는지 예상하기 시작했다.

그중에 한 명, 무척이나 궁금한 존재가 있었다.

"그러고 보니…… 신 녀석도 비장의 수단인 마법을 실험한다고 했었지."

아우구스트가 그 궁금한 존재에 관해 이야기하자 토르와 율리우스는 쓴웃음만 지을 수밖에 없었다.

"그러고 보니 휴즈가 장거리에서 초강력 마법을 이용한 섬멸 공격을 제안했을 때 할 수 없지는 않다고 말했었지……."

"지형이 달라진다고도……."

"사람이 살 수 없게 된다고도 말했사옵니다."

거기까지 말하고서 말없이 서로를 마주 보는 세 사람.

"정말로 걱정되기 시작하네……."

"그 발언도 자중하기 시작했다고 볼 수 있다고는 생각합니다만……."

"다름 아닌 신 님이오니……."

【신은 자중하는 법을 배웠다.】

아우구스트 일행은 그렇게 믿고 싶었지만, 도저히 불안을 떨쳐낼 수 없었다.

◆

“아빠, 부탁이 있는데.”

“뭐냐, 토니. 이제 와서 네가 나한테 부탁이라니.”

“그러게. 이제는 수입도 지위도 아빠보다 훨씬 높지만.”

“이 녀석이…….”

“하, 하하하…….”

“그래서? 대체 무슨 일이냐?”

“나한테…… 가르침을 줘.”

왕성 안에 있는 토니의 집.

토니는 아버지이자 현역 기사인 아버지에게 가르침을 구했다.

“가르침? 검술 지도 말인가? 이제 와서 왜?”

“응, 뭐, 그렇게 생각하겠지. 나는 마법 학원을 선택했으니까…….”

“아니, 말투가 이상했군. 너는 이미 마법사로서 상당한 힘을 가지지 않나. 그렇게까지 마법을 익혔으니 이제 뭐라고 할 생각은 없다. 그런데 왜 갑자기 검술을 알려달라는 거지?”

“……그 마법이 통하지 않는 상대가 있었어.”

토니의 아버지는 분한 듯이 말하는 토니의 모습을 보고

사정을 깨달았다.

"……새로운 마인……이냐?"

"응. 전에 토벌했던 마인들은 원래는 평민이었던 자들이라 싸우는 방법을 몰랐었어. 그런데 이번에 나타난 마인은……."

"전투 경험이 있는 마인들이었나?"

"맞아. 그때 다들 마인에게 농락당했거든. 신이 늦었더라면 우리도 위험했을 거야."

"그랬군……."

아버지는 자신의 기대와는 다르게 마법 학원에 들어간 토니를 못내 아쉬워했기에, 마법 학교에 진학한 이후 자연스레 가정 내에서 토니와의 대화 빈도가 줄어들었다.

그 결과 과거의 마인령 공략 작전 때와 이번 마도 주변에서 일어난 충돌 사건 때도 자세한 이야기를 나누지 않았다.

토니의 아버지는 아들이 생명의 위험과 직면했던 사실을 알고서 적잖이 충격을 받은 모습이었다.

"그래서 이대로는 안 된다고 해서 다들 마인에게 대항할 수 있는 대책을 마련해두라고 전하께서 말씀하셨어."

"저, 전하의 명령인가?!"

"응? 아, 그렇게 거창한 건 아니야. 우리가 해야 할 일을 확인하는 정도일까."

"거창하지 않다니……."

대국 알스하이드 왕국의 왕태자.

그 명석한 두뇌와 타의 추종을 불허하는 마법 실력.

오랜 왕가의 역사 속에서도 최상위급의 수재라고 불리는 아우구스트.

그런 아우구스트를 별것 아니라고 말하는 아들.

토니의 아버지는 머리가 아파질 것 같았다.

"……하고 싶은 말은 많다만 지금은 됐다. 어쨌든 전하의 명령이로군. 전력을 다해 훈련 시켜주마. 따라와!"

토니의 아버지는 그렇게 말하며 뒤뜰로 나갔다.

"하아…… 이런 숨 막히는 분위기가 싫다고……."

자신이 요청했다지만 싫은 것은 싫은 법이다.

그리고 몇 시간 후.

"오늘은 여기까지!"

"가, 감사합니다……."

오랜만에 아들과 훈련해 만족해하는 아버지와 엉망이 된 아들.

그런 토니를 어머니가 치료해주기 위해 다가왔다.

"괜찮니? 토니."

"하아, 후우…… 괜찮아, 엄마."

"그나저나…… 상당히 당했네, 영웅 양반."

엉망이 된 토니를 보고서 걱정하는 것보다 기뻐 보이는 어머니.

여전한 어머니를 본 토니는 쓴웃음을 지었다.

"그건 마법 덕분이니까. 최근에 검술은 마물을 상대할 때만 사용했어."

"그래. 그나저나 그 전법은 좀 아닌 것 같네……."

젊었던 시절, 기사였었던 어머니는 방금 아버지와의 훈련에서 사용한 전법에 불만이 있는 것처럼 보였다.

그것을 알아차린 토니는 어머니를 설득하듯 말했다.

"엄마. 이번 싸움은 정정당당이라든가 비겁하다든가 왕도니 사도니, 그런 말을 하고 있을 때가 아니야. 『죽느냐 사느냐』, 그것뿐이야."

"그건 그럴지도 모르지만……."

아직 조금 불만스러워하는 어머니의 귀에 토니가 중얼거리는 소리가 들어왔다.

"이제…… 걸림돌이 될 수는 없어……."

엉망이 되어서도 결의에 찬 눈으로 그렇게 중얼거린 토니.

그 옆모습을 보고서 토니의 결의를 알게 된 어머니는 그 이상 아무 말도 하지 않았다.

그리고 다음 날.

"저, 저기……."

"왜 그러니, 리리아. 차가 입맛에 맞지 않았어?"

"아, 아니요! 정말 맛있었어요! 하지만……."

"하지만?"

"……어째서 제가 토니 군이 훈련하는 모습을 지켜보면서

차를 마셔야 하나요?"

토니의 집에는 토니가 아버지와 훈련하는 모습을 지켜보며 차를 마시는 리리아와 토니 어머니의 모습이 있었다.

어머니는 어제 훈련에 관해 아무 말도 하지 않게 된 이후 어째서인지 다음 날부터 여자 친구인 리리아를 데리고 오라고 했다. 그 말대로 데리고 왔더니 둘이서 차를 마시게 됐다.

토니의 훈련을 지켜보면서.

"응? 남편과 아들이 검술 훈련을 하잖아. 차랑 최고로 잘 어울리는 풍경인걸."

"그, 그런가요?"

"저것 봐! 엉망이 되면서도 남편한테 맞서는 토니를 보면 가슴이 두근거리지 않니?"

토니 어머니의 말을 듣고 훈련 중인 토니를 바라보는 리리아.

그곳엔 평소의 가벼운 분위기는 흔적도 없이 사라지고 무척이나 진지한 얼굴을 한 토니가 있었다.

그렇게 평소 모습과의 차이를 느낀 리리아는 살짝 두근거리는 마음으로 가만히 지켜보게 됐다.

"그렇지? 그렇지? 멋있지?"

"……네, 멋있어요."

약간 넋이 나간 듯이 말하는 리리아를 본 토니의 어머니는 만족스러운 듯이 웃었다.

"후후. 그렇지? 하지만 이렇게 둘이서만 훈련을 하고 있으면 이쪽은 한가하거든. 그러니까 리리아와 토니가 사귀게 된 계기를 들려주지 않을래?"

"계, 계기?!"

"응. 역시 토니의 신부가 될 사람이니까 이것저것 알아둬야지."

"시, 신부?!"

"자, 훈련은 한동안 끝나지 않을 테니까 모조리 털어놔봐."

토니 어머니의 이상한 분위기에 당황하면서도 토니와 있었던 일을 모조리 털어놓게 된 리리아.

그리고 그 옆에서 훈련하고 있는 토니.

훈련이 끝날 무렵 토니는 아버지의 거친 가르침에, 리리아는 어머니와의 수다에 진이 빠지고 말았다.

◆

"유리, 이거면 돼?"

"어머~ 고마워요~."

"뭘, 이런 걸 가지고."

알스하이드 왕국 왕도에 있는 헌터들에게서 막대한 인기를 자랑하는 빈 공방.

대인기의 빈 공방은 생산량이 대폭 증가함에 따라 장인과 부여 마법사, 아르바이트 고용을 늘렸다.

공방 측은 우수한 부여 마법사인 유리를 고용하는 것으로 생산량이 확대.

유리도 대량의 부여를 통해 실질적인 부여 마법의 연습이 가능해졌다.

말 그대로 윈-윈 관계.

그리고 빈 공방은 금속 가공이 주요 업무이기에 소속 장인들은 투박한 남자들이 많았다.

그렇다 보니 열여섯 살이라고는 생각할 수 없는 요염함을 지닌 유리는 그 부여 마법 실력만이 아니라 공방의 활력과 정취를 불어 넣어줘서 공방의 장인들에게 인기가 많았다.

"음~ 이건 이 부여고~ 이쪽은 이거."

"그나저나 유리야, 이렇게나 많이 필요한 거냐?"

"네. 이 정도는 있어야…… 그 마인들에게는 통하지 않으니까요……."

공격 마법보다 부여 마법이 특기인 유리는 지난 마인전에서 별 도움이 되지 못했다.

그때 「공격용 마도구의 종류가 더 많았더라면……」 하고 무척이나 후회했다.

"이제 후회하고 싶지 않아요……."

유리는 평소엔 느긋한 분위기였지만, 지난 전투를 떠올렸는지 조금 분한 표정을 지었다.

그런 유리를 지켜보는 나이가 지긋한 장인들은 곤경에 지지 않고 애쓰는 딸을 지켜보는 심정이 되었고 젊은 장인들은 존경의 시선을 보냈다.

"됐다~!"

그런 장인들이 지켜보는 와중에 대량의 짧은 지팡이형 마도구에 부여를 마친 유리는 드디어 모든 마도구에 부여를 끝냈다.

"어디서 시험해보고 싶은데~."

"그럼 우리 실험장을 사용해라."

"어, 괜찮아요?"

"그래. 유리라면 문제없지."

"그럼 부탁해볼까~."

나이가 지긋한 장인의 배려로 새롭게 건설된 실험장에서 시범 사격을 하게 된 유리.

시범 사격이 신경 쓰였는지 많은 장인들이 실험장에 따라왔다.

"뭐냐, 너희들. 뭐 하러 그렇게 줄줄이 몰려왔어?"

마침 실험장에 있던 공방주 해롤드가 줄줄이 나타난 장인들을 노려보았지만 장인들에게도 변명거리가 있었다.

"유리가 공격용 마도구를 시험해보고 싶다고 해서 감독하러 왔어요."

"……솔직히 말해."

"신경 쓰이잖아요. 어떤 공격 마법을 부여했는지가. 도사님의 후계자라고 불리는 얼티밋 매지션즈의 유리니까요."

"그건…… 그렇지."

그 말을 듣고 해롤드도 궁금해졌는지 장인들이 유리의 시범 사격을 견학하는 것을 묵인했다.

"그럼 갈게요~."

평소처럼 느긋한 기합과 함께 자신이 부여한 마도구를 기동하는 유리.

그리고 실험장에 마련된 과녁을 계속해서 명중하는 공격 마법.

불 마법부터 바람, 물, 번개, 땅 마법까지 모든 마법이 엄청난 위력으로 발사됐다.

마도구에서 나온 공격 마법을 보고서 쩍하니 입이 벌어진 공방 장인들.

그들은 신의 의뢰로 지금까지 본 적 없는 마도구를 계속해서 생산해왔다.

그 솜씨는 알스하이드 왕도 제일이라 말해도 과언이 아니니라.

그런 장인들이지만 얼티밋 매지션즈의 공격 마법을 직접 본 것은 이번이 처음이었다.

너무나도 강력한 공격 마법에 말이 없어진 장인들이었지만…….

"음~. 이 정도로 괜찮은 걸까~?"

정작 유리는 살짝 마음에 들지 않는 듯했다.

"유, 유리야, 공격 마법은 어렵다고 하지 않았어……?"

"네. 역시 월포드 군하고 비교하면 역시 너무 부족하니까요~."

그렇게 말하며 마법을 발사한 후의 마도구의 상태를 체크하는 유리.

"와, 역시 아저씨들이 만든 마도구는 굉장하네요~. 이거라면 어떻게든 될 것 같아요."

강력한 마법을 사용한 후에도 전혀 손상되지 않은 마도구를 보며 만족스러워하는 유리.

그리고 자신의 마법보다 마도구인 지팡이가 굉장하다고 말하는 유리를 본 장인들은…….

"유리도 역시 얼티밋 매지션즈가 맞군……."

유리도 상식에서 벗어난 존재가 된 것을 다시금 실감하게 됐다.

◆

"저기, 마크. 지금 굉장한 소리가 들리지 않았어?"

"응, 실험장에서 났잖아? 거기는 가끔 큰 소리가 나."

"그, 그렇구나."

유리가 빈 공방의 실험장에서 새로운 공격용 마도구의 시범 사격을 하고 있을 때, 마크와 올리비아는 마크의 방에 있었다.

그렇다고 딱히 노닥거리던 것은 아니다.

두 사람 모두 마인전의 대책을 위한 상의를 하고 있었다.

"마인과 싸우기 위한 대책이라……."

"우리의 장점이 뭘까?"

아우구스트의 지시에 갈피를 잡지 못하는 두 사람.

이 두 사람은 원래 A클래스였다.

물론 알스하이드 최고봉인 고등 마법 학원의 시험에 합격해 A클래스에 들어간 사람이 무능할 리가 없다.

그러나 원래 S클래스에 있던 사람들은 신을 시작으로 모두가 월등한 실력을 지닌 사람들뿐.

덕분에 마크와 올리비아는 자신들의 장점을 찾지 못하고 있었다.

"나는 검과 마법을 병용해보고 싶은데……."

"그건 플레이드 씨가 시도해봤지만 막혔잖아."

"그랬지. 나보다 검술 실력이 훨씬 뛰어난 토니 씨조차도 실패했었으니……."

알스하이드 왕도에서도 손에 꼽히는 명문 공방인 빈 공방.

그 공방의 아들로서 역시 자신의 공방에서 만든 것으로 도전하고 싶었다.

그러나 공방에서 최강의 공격력을 자랑하는 바이브레이션 소드도 상대에게 닿지 않으면 의미가 없다.

얼티밋 매지션즈에서 신 다음으로 검술이 뛰어난 토니조차도 마인을 상대할 수 없었다.

"이렇게 됐으니 새로운 마도구를 만들 수밖에 없나. 근데…… 월포드 군도 아니고 그렇게 쉽게 아이디어가 나올 리 없잖아."

다른 사람들이 신을 평가할 때는 마법의 화려함과 공격력에 눈길을 빼앗기기 십상이지만 마크는 조금 달랐다.

마크가 신을 굉장하다고 생각하는 점은 다른 무엇보다도 풍부한 아이디어다.

새로운 마도구를 고안해내는 아이디어만이 아니라 마법을 사용할 때 이미지를 그리는 방법.

그런 방법은 들어본 적도, 하물며 생각해본 적도 없었다.

그리고 그 아이디어는 아직도 넘쳐흐르고 있다.

"나한테 월포드 군 같은 두뇌가 있었더라면……."

"마크는 차라리 나은 편이지. 나는 실마리조차 보이지 않는데……."

마크는 마도구라는 방향으로 어떻게든 될 것 같았지만 올리비아는 자신의 장점이 무엇인지 전혀 알 수 없었다.

"마크는 공방의 아들이잖아? 나는…… 식당의 딸인데?"

인기 식당의 딸이라는 것 이외에 도드라지는 특징이 없는 올리비아는 무척이나 고민했다.

식당의 딸이라는 그 특징을 살려 전장에서 무엇을 할 수 있을까?

음식을 대접할까?

그런 생각을 하다 머리를 흔들어 그 바보 같은 생각을 떨쳐냈다.

"애초에 음식을 만드는 건 아빠니까…… 나는 웨이트리스로서 홀을 돌아다니는 것밖에는……."

"응? 음식이라니, 무슨 말……."

"앗! 생각났다!"

전투 이야기를 하던 중 갑자기 음식 이야기를 하는 올리비아에게 마크가 되물으려 할 때 올리비아의 머리에 문뜩 어떤 아이디어가 떠올랐다.

"이거라면 도움이 될 것 같아!"

"뭐?! 생각났어?!"

"응! 이런 건 어때?"

올리비아는 자신의 아이디어를 마크에게 들려주었다.

"확실히…… 올리비아의 장점이기도 하고 모두의 도움이 될 것 같네."

"그렇지? 다행이야~ 나한테도 장점이 있었어."

"……."

너무나도 슬픈 말에 마크는 말문이 막혔다.

"이제는 마크 차례네. 마도구라면 어떤 걸 사용할 거야?"

"그게 문제야. 방출계 마도구는 아마 유리 씨가 만들 테고, 그렇다고 바이브레이션 소드 이상의 것을 만들 수도 없고……."

방향성이 정해진 만큼 올리비아보다 빨리 답을 찾을 것이라 생각했던 마크는 어떤 마도구를 만들어야 하나 망설였다.

방출계 마도구라면 『도사님의 후계자』라고 불리는 유리 이상의 것을 만들 수 없다.

그렇다고 근접계 마도구를 만들자니 바이브레이션 소드 이상의 것은 도저히 떠오르지 않는다.

정말이지 손쓸 방법이 없는 상황.

어떡하나, 어떡하나 고민하고 있던 중, 문득 올리비아가 중얼거렸다.

"둘 다 할 수 있으면 좋을 텐데."

"둘 다라는 게 뭐……."

거기까지 말한 마크의 머리에 어떤 아이디어가 떠올랐다.

"그렇구나…… 이거라면, 이거라면 할 수 있을 것 같아!"

"정말?! 다행이야, 마크!"

"응! 올리비아 덕분이야!"

그렇게 말하며 올리비아를 껴안은 마크.

만약 올리비아가 평범한 소꿉친구였다면 얼굴이 새빨개져서 허둥댔을 것이다.

그러나 올리비아는 다르다.

"응, 다행이야."

그렇게 말하며 껴안은 마크의 등을 톡톡 두드려주었다.

"이러고 있을 수 없지. 바로 공방에 다녀올게!"

"응. 나도 연습하러 가야지!"

이렇게 마지막에 껴안은 것을 제외하면 연인다운 분위기를 내지 않은 채 헤어진 마크와 올리비아.

그날 마크는 자신의 아이디어를 구현하기 위해 아버지에게 부탁해 그것을 견딜 수 있는 검을 만들었고, 올리비아는 마법 연습장인 황야에서 어떤 마법을 연속으로 사용했다.

◆

"음~."

"뭐야, 마리아. 변비?"

"아닙니다!"

숲속에서 잘린 나무 기둥에 앉아 고민에 빠진 마리아.

그녀에게 말을 건 사람은 기사 학원생인 미란다였다.

최근 거의 행동을 함께 하는 두 사람은 오늘도 마물 사냥을 위해 숲에 왔다.

지금까지의 상식으로 말하자면 아직 열예닐곱 살의, 게다가 여자가 헌터 협회의 일을 하는 것은 있을 수 없는 일이었다.

그러나 미란다는 지난 마인령 공략 작전에서의 활약으로 유명해졌고, 그 후 미셸의 가르침을 받게 되어 최근에는 『검성의 제자』라고 불리고 있다.

마리아는 말할 것도 없다.

그러나 그런 마리아가 고민에 빠졌다.

미란다가 궁금해하는 것도 무리가 아니다.

"그럼 뭘 고민하는 거야? 솔직히 그러고 있으면 성가신데."

"야, 친구한테 성가시다니……."

"사실이니까 어쩔 수 없잖아. 그래서 무슨 일인데?"

"전하가 말이지, 마인하고 싸우기 위한 대책을 짜오라고 해서……."

"……마리아하고 이야기하고 있을 때 아무렇지도 않게 튀어나오는 단어가 어마무시하다니까."

여학원생의 입에서 나온 말이 대국의 왕태자에다 세계를 멸망시키려 하는 마인이다.

어느 정도 익숙해졌다지만 생각해보면 여러모로 있을 수 없는 일이다.

"대책을 생각해오라고 해도 뭘 하면 좋을지 전혀 모르겠다니까."

여기에도 자신의 개성이 무엇인지 모르는 사람이 있다.

"뭐야, 『전처녀』라고 불리는 사람이 싸우는 방법을 모르겠다는거야?"

"그렇게 부르지 마!"

"그나저나 마리아가 전투로 고민하다니, 이번에 싸울 마인이 그렇게 위험해?"

이제 곧 인류의 존망을 건 마인과의 싸움이 시작된다.

세간에 알려진 것은 그것뿐이었다.

슈투름에게서 게임을 제안받기 전에 슈투름의 부하인 마인과 교전했던 일과 아우구스트 일행이 고전했던 사실까지는 알려지지 않았다.

"뭐랄까, 지지는 않았지만 이기지도 않았달까?"

"그게 뭐야?"

"서로 끝낼 수단이 없어서 교착 상태가 됐었거든."

"그랬구나."

"그때 신이 오는 게 조금만 더 늦었더라면 우리는 거기서 전멸했을지도 몰라."

"전멸……."

줄곧 가까이서 마리아의 마법을 본 미란다는 그 말이 믿기지 않았다.

최종 결전 상대가 그만큼 위험한 상대인가 싶었던 미란다는 몸을 살짝 떨었다.

"이제 시간도 없는데 어쩌지……."

거기까지 말한 마리아는 숲 쪽으로 시선을 돌렸다.

"미란다, 큰 녀석이 온다."

"큰 녀석?"

"응, 곰인가……."

"곰이야?"

그렇다면 큰 문제는 없을 것이다.

제트 부츠에 바이브레이션 소드.

두 마도구를 손에 넣은 뒤로 미란다는 곰 마물 정도라면 마리아의 지원 없이도 평범하게 사냥할 수 있게 됐다.

이번에도 마리아의 색적 마법으로 사전에 감지했다.

준비된 상태에서 곰 마물을 상대하면 문제없이 토벌할 수 있을 것이다.

그러나 문제가 있다면 평소 대형 마물로 분류되는 곰 마물 정도라면 손을 대지 않는 마리아가 옆에서 전투 준비에 들어간 점이다.

"……마리아."

"왜?"

"왜 옆에 있어?"

"응? 전투가 벌어질 테니까."

"그러니까 왜 네가 싸워야 하는데?"

미란다는 마리아에게 질문하면서도 내심 예상하는 바가 있었다.

"마물이 커다라니까?"

"……참고로 얼마나 큰데?"

알고는 있었지만 묻지 않을 수는 없었다.

"어디……."

마리아가 그렇게 말한 직후 눈앞 수풀 너머로 곰 마물이 나타났다.

"재해급 정도?"

대형 곰 마물은 3미터 정도의 크기다.

만약 재해급이 된다면 5미터를 넘는 거구가 된다.

지나치게 훌륭한 체격의 곰 마물이 두 사람의 눈앞에 나타난 것이다.

『크르르으으으으으!』

"역시나!"

반쯤 예상했었다지만 기습적으로 재해급 마물과 만나게 된다면 미란다도 놀라움을 감출 수 없다.

"마리아! 엄호해줘!"

"아, 응. 오케이."

미란다의 필사적인 요구에 가볍게 대답하는 마리아.

마리아가 마법을 사용하려 기척을 감지하고서 착탄과 동시에 달려들기 위해 자세를 잡은 미란다.

그렇게 발사된 불 마법이 곰 마물에게 명중하자 미란다는 제트 부츠로 곰 마물에게 돌진했지만…….

"자, 잠깐! 위력이 너무 약한 거 아니야?!"

마리아의 마법은 미란다가 예상했던 위력을 발휘하지 않았다.

"아, 전력으로 공격하면 한 방에 처리할 수 있으니까. 미란다 몫도 남겨둬야 하잖아."

"눈물 나게 고맙네?!"

미란다는 그렇게 외쳤지만 이미 제트 부츠로 날아가고 있었다.

이렇게 된 이상 그대로 파고들겠다며 곰 마물을 향해 돌진했다.

그런 무모한 수단으로 나선 것은 마리아라면 미란다가 위험해졌을 때 적극적으로 엄호해줄 것이라는 전폭적인 신뢰가 있었기에 가능한 측면도 있었다.

생각보다 위력을 발휘하지 않았다지만 그래도 마리아가 사용한 마법이다.

그럭저럭 충격을 받은 곰 마물은 돌진해오는 미란다를 발견하고는 거대한 앞다리를 미란다를 향해 휘둘렀다.

"흡!"

그 직후, 미란다는 제트 부츠를 더욱 가속해 곰의 품속으로 파고들었다.

그리고.

"으! 으으……랴아아아아!"

코앞까지 다가온 곰의 복부에 바이브레이션 소드를 찌른 뒤 그대로 제트 부츠로 상공으로 뛰어올랐다.

그 결과 곰 마물은 복부에서 머리까지 둘로 갈라지고 말았다.

바이브레이션 소드를 올려 든 채 상공 높이 오른 미란다는 제트 부츠를 살짝 가동해 어렵지 않게 지면에 착지했다.

"오오. 지독한 짓을 하네."

"후우……. 역시 이 검은 굉장해. 곰을 두 동강이 됐어.

"아니지. 배 아래쪽은 붙어 있으니 두 동강이라고 할 수 없잖아."

"그건 그러네. 그럼…… 절반 두 동강?"

"그건 또 무슨 말이래."

그곳에선 여자 둘이서 재해급 마물을 토벌했다고는 생각할 수 없는 분위기가 흘렀다.

"이번 전투도 이만큼 편했으면 좋을…… 텐데……."

거기까지 말한 마리아는 미란다 쪽을 보더니.

덥석!

하고 미란다의 어깨를 잡았다.

"뭐, 뭐야?"

"후후, 좋은 생각이 떠올랐어."

"어? 아니, 나는 불길한 예감이…… 아, 잠깐, 놔, 놔줘……."

"으흐흐흐. 아, 또 마물 반응이…… 오, 이건."

"어? 잠깐, 설마?!"

마리아의 말을 듣고 어떤 것을 예상한 미란다.

그리고 마리아의 대답은 미란다의 예상대로인 것과 동시에 듣고 싶지 않은 말이었다.

"맞아~. 재해급입니다~."

"역시나!"

절규하는 미란다의 바람과는 반대로 그 마물은 두 사람의 앞에 모습을 드러냈다.

나타난 마물은…….

“하필이면 호랑이…….”

과거 고등 마법 학원과 합동 훈련을 했을 때 조우했던 호랑이 마물이었다.

그때는 무서워한 나머지 아무것도 할 수 없었다.

미란다의 뇌리에 당시 상황이 떠올랐지만 마리아는 태연한 듯이 말했다.

“왜 이렇게 기죽어있어? 전에도 봤잖아?”

“봤었으니까 기가 죽었지!”

“어째서? 전에 토벌하는 걸 봤으니 식은 죽 먹기잖아?”

“뭐라고?! 내가 본 건 무릎차기로 한 방 먹여줬던 것뿐이야! 그걸 나보고 하라고?!”

미란다의 말에 마리아는 황당한 표정을 했다.

“누가 너한테 그런 비상식적인 방법을 쓰라고 했어. 그때 말했잖아? 호랑이는 재빠르니까 마법보다는 접근해서 쓰러뜨리는 편이 좋다고.”

“그랬었나?!”

“응. 그리고 미란다는 검사이면서 제트 부츠까지 신고 있잖아.”

“서, 설마…….”

이번에도 마리아가 다음에 할 말을 예상한 미란다.

그리고 역시 그 예상도 최악의 방향으로 들어맞았다.

“응. 제트 부츠로 파고들어.”

“최악이야~!”

“자! 마법으로 엄호해줄 테니까 다녀와!”

그날, 숲속에서 “싫어~!” 하는 소녀의 절규가 울려 퍼졌다고 한다.

◆

알스하이드 왕도에 있는 창신교 교회.

왕도에서 제일 유명한 교회는 알스하이드 대성당이지만 왕도정도의 커다란 도시에 교회가 그곳 하나뿐일 리가 없다.

교회는 각 지역마다 하나씩 있으며, 그 지역의 예배와 혼례, 장송, 그리고 병설된 치료원도 운영 한다.

그런 많은 치료원 중에서도 왕도의 주목이 집중되는 치료원이 있다.

그것은…….

“네. 이제 괜찮아요.”

“오…… 오오! 팔이 부러졌었는데…… 믿을 수 없어!”

“그렇게 높은 곳에서 떨어졌는데 그 정도 상처로 끝난 게 다행이니 다음엔 조심해주세요.”

"네! 감사합니다, 성녀님!"

그곳은 바로 시실리가 이따금 찾아가는 치료원이다.

골절된 팔을 치료받은 남성은 경악과 감격으로 감정을 주체하지 못해 자신도 모르게 시실리의 손을 잡으려 했다.

"네. 나가시는 곳은 저기입니다."

"건강 조심하세요."

"자, 잠깐!"

그 남성의 팔을 시실리의 양옆에서 대기하던 여성 신자 둘이 붙잡고 밖으로 데리고 나갔다.

그녀들은 시실리의 치료를 돕는 것과 동시에 방금 전의 남성처럼 시실리에게 접촉하려는 사람들로부터 시실리를 지키는 역할도 겸하고 있다.

"하아, 저런 사람들이 끊이지 않네요."

"괜찮으십니까? 성녀님."

"아, 네. 항상 고맙습니다. 콜레트 씨, 버디 씨."

콜레트라고 불린 사람은 금발의 곱슬머리를 짧게 자른 여성 신자이며 버디라고 불린 사람은 세미 롱의 갈색 머리 여성 신자였다.

두 사람은 시실리가 치료원에 왔을 때 조수 겸 호위로 항상 곁을 따라다녔다.

"성녀님께는 사자님이 있으신데 무슨 생각일까요?"

"하긴, 성녀님이 사용하시는 기적 같은 솜씨를 보면 그렇게 감동하는 것도 이해됩니다만……."

"하, 하하……."

기적 같은 솜씨.

그 말을 들은 시실리는 자신도 모르게 형식적인 미소를 지었다.

시실리가 사용하는 치유 마법은 신이 사냥할 때 따라가 동물을 해체하며 생물의 신체 구조를 알게 되고 살과 뼈의 구조를 배운 결과로 할 수 있게 된, 말하자면 지식의 결과다.

전혀 기적이라고 할 수 없지만 그렇게 말해도 그녀들이 들어주지 않을 것이라는 건 알고 있으니 형식적인 미소를 짓고 말았다.

참고로 신은 시민들에게서 마법사의 왕이라는 의미로『마왕』이라 불리는 경우가 많지만, 창신교 내부에서는 교황이 인정한 것으로『사자님』이라고 불리는 경우가 많다.

방금 전의 남성은 근처 건설 현장의 가설 발판에서 떨어져 팔이 골절된 상태로 운반되어 왔다.

팔이 부러지면 일을 할 수 없으니 어떻게든 해달라며 울고 불었는데, 그것을 간단히 치료하니 남성은 감격한 나머지 시실리에게 손을 뻗은 것이었다.

교회가 경영하는 치료원에서는 그다지 고액은 아니지만 어느 정도의 치료비를 징수한다.

그 치료비는 교회의 운영 자금이 되어 신자와 치유 마법사의 급여, 교회가 운영하는 고아원의 운영 자금과 관리 유지비로 이용된다.

교회는 치유 마법사에게 제대로 된 급여를 지불하니 치유 마법사를 확보하기 어렵지 않았고, 치유 마법사들은 치료원이라는 현장에서 계속해서 치유 마법을 사용하다 보니 실력 성장속도가 나쁘지 않았다.

치유 마법사들조차도 버거워하는 환자를 시실리는 아무렇지도 않게 치료했다.

그래서 시실리가 있을 때는 우선적으로 그런 환자가 운반되어 오는데, 그런 환자가 많을 리도 없으니 방금 그 남성을 보낸 뒤 잠시 시간이 생겼다.

"성녀님, 차라도 드시겠어요?"

"그러네요. 지금은 환자도……."

"성녀님! 응급 환자입니다!"

"……있으니까 빨리 끝내고 마셔요."

"네……."

콜레트가 환자가 오지 않는 사이에 잠시 쉬자고 제안하자마자 응급 환자가 들어왔다.

콜레트는 안타까워했지만 운반된 환자의 상태를 보고서 숨을 죽였다.

운반된 사람은 일고여덟 살 정도의 여자아이.

머리에서 피를 흘리고 팔과 다리는 이상한 방향으로 꺾여 있었으며 복부에서도 출혈이 보였다.

"시, 심각해……."

너무나도 심각한 상태를 보고서 콜레트가 그렇게 중얼거렸다.

"마차의 짐이 쏟아질 때 그 밑에 깔렸어요! 이 아이는 저를 밀어내고 자신은……."

소녀의 어머니로 보이는 여성이 오열하며 상황을 설명했다.

아무래도 이 소녀는 어머니를 지키기 위해 밀치고서 자신이 대신 깔린 모양이었다.

울부짖으며 소녀에게 매달리는 여성.

시실리는 그 여성을 보며 말했다.

"어머니. 따님은 반드시 구해낼게요. 그러니 떨어져서 지켜봐 주세요."

"서, 성녀님……."

미소를 떠올린 시실리의 얼굴을 보고서 조금은 진정된 듯한 어머니는 딸에게서 떨어져 시실리의 치료를 지켜보았다.

빠르게 치료를 시작한 시실리는 우선 제일 먼저 머리를 신에게서 배운 초음파 마법으로 조사하기 시작했다.

소녀의 심장은 아직 뛰고있다. 그러니 우선 머리에 손상이 없는지 조사했다.

머리를 스캔한 시실리는 두개골 안에 출혈을 감지하고 피를 신중하게 뽑았다.

파열된 뇌혈관을 치유한 시실리는 뇌 전체에 치유 마법을 걸었다.

뇌의 구조를 완벽하게 이해한 것은 아니지만, 시실리는 원래 자애로운 마음이 강해 『치유하고 싶다』고 강하게 바라면 치유 마법이 발동한다.

머리의 치료를 마친 시실리는 이어서 몸 상태를 확인했다.

내장이 몇 군데 손상된 것을 빠짐없이 치료했다.

내장의 출혈과 손상이 사라진 것을 확인한 다음 부러진 팔과 다리의 치료에 들어갔다.

그때는 소녀의 호흡이 진정되었기에 시실리도 소녀를 구했다는 사실에 안도했다.

마지막으로 몸 전체를 조사해 다시 치유 마법을 걸자 소녀가 천천히 눈을 떴다.

"……엄마……?"

"아, 아아……."

"후우…… 이제 괜찮아요, 어머니이잇."

"감사합니다, 성녀니이임!"

이제 틀렸다고 생각했던 딸이 눈을 뜨고 자신을 부른다.

그 사실에 감격한 어머니가 시실리를 열렬하게 껴안았다.

언젠가 스이드에서 시실리 대신 부상당한 남성을 치료한 신이 남성의 어머니에게서 같은 일을 당했는데 설마 자신이 같은 상황에 놓일 줄은 꿈에도 몰랐다.

그 사실에 쓴웃음을 지으면서 어머니의 등을 두드려주었다.

"어머니. 지금은 따님 곁에 있어 주세요."

"네! 네! 감사합니다!"

얼굴이 눈물로 범벅이 된 어머니는 딸에게 다가가 그 손을 잡았다.

그러자 딸이 힘겹게 입을 열었다.

"엄마…… 힘들어……."

"당연하지! 아까까지 죽을 뻔했으니까!"

"어? 왜…… 아, 마차……."

"정말로! 무리하기는!"

"엄마는? 다치지 않았어?"

"안 다쳤어, 우리 딸 덕분에."

"다행이다……."

"정말…… 고마워…… 엄마가 미안해."

어머니는 그렇게 말하며 누운 딸을 꼭 안아주었다.

그 광경을 본 시실리는 구할 수 있어 다행이라고 안도의 한숨을 내쉬었다.

그리고 그 치료를 지켜보던 콜레트와 버디는.

""기, 기적 같은 솜씨!""

시실리가 빈사의 소녀를 구한 사실에 경악하며 감동했다.

한동안 쉰 아이는 이내 움직일 수 있게 되어 치료원을 나가려 했다.

누워 있던 침대에서 내려온 아이는 시실리에게 다가와서는.

"고마워요! 성녀님!"

이라고 환한 미소를 지으며 감사 인사를 했다.

이곳으로 왔을 때는 빈사 상태였던 소녀가 건강해져 감사 인사를 한 사실에 미소가 떠오르는 시실리.

"아니요, 천만에요. 이제 무리하면 안 돼요."

"네? 하지만 몸이 멋대로 움직였는걸요."

"그랬군요. 어머니를 정말 좋은가 보네요."

"응! 엄마가 정말 좋아요!"

좋아하는 어머니의 위기에 몸이 멋대로 움직였다는 딸.

그런 딸의 미소를 눈부신 듯이 바라보는 시실리.

이윽고 딸은 어머니와 함께 치료원을 뒤로했다.

"그럼 성녀님. 이번 일은 정말 감사했습니다."

"안녕히 계세요, 성녀님!"

"안녕히 가세요. 몸조심하세요."

"응! 엄마, 가자!"

"그래. 그럼 이만 실례하겠습니다."

사이좋게 손잡고 돌아가는 두 사람을 한동안 지켜본 시실리가 불쑥 중얼거렸다.

"귀여운 아이네…… 좋겠다."

그 말을 들은 콜레트와 버디가 갑자기 흥분하기 시작했다.

"네?! 성녀님, 아이를 원하시는 건가요?!"

"사자님과 성녀님의 아이…… 예정일은 언제입니까?!"

"네?! 아, 아직 그런 예정 없어요!"

"에이~ 그 아이를 보면서 좋겠다고 하셨잖아요!"

"태어날 아이는 저렇게 부모를 소중히 여기는 아이가 좋다는 의미로군요? 그렇다는 건 이미……."

"그런거 아니에요! 저런 아이가 있었으면 좋겠다는 건 사실이지만 지금은 예정이 없어요!"

시실리는 얼굴이 새빨개진 채 부정했지만 콜레트와 버디는 시실리의 발언을 놓치지 않았다.

""역시 아이가 있었으면 하시는군요~.""

히죽이며 그렇게 말하는 두 사람에게 시실리의 얼굴이 새빨개졌다.

"모, 몰라요!"

뚱하게 뺨을 부풀리며 고개를 돌린 시실리를 콜레트와 버디는 계속 히죽이며 바라보았다.

◆

담 왕국의 왕성.

왕성은 왕족이 사는 곳이지만 정치의 거점이기도 하다.

그 내부의 군 시설 중 한 방에 사람 몇 명이 모여 있었다.

"어떻게 됐습니까? 카툰 장관님."

군인으로 보이는 남성이 군의 장관인 히이로 카툰에게 물었다.

"잘 되고 있지. 이번 작전이 무사히 끝나면 담 왕국은 새로운 시대를 맞이할 거야."

"지금까지 실패만 반복해와서 담 왕국의 사회적 지위는 땅에 떨어졌으니까요. 어떻게든 역전해 나가야 합니다."

"그래. 그러기 위해서……."

카툰은 천장을 올려다보며 중얼거렸다.

"제물이 되어줘야지."

카툰의 중얼거림에 모인 사람들은 침통한 표정을 했다.

담 왕국의 어느 방에서 비밀의 이야기는 계속됐다.

◆

"린."

"왜? 앨리스."

알스하이드에 있는 린의 방.

그곳에서 앨리스와 린이 서로 마주 보고 있었다.

진지한 표정의 앨리스는 무릎을 꿇고 앉은 린에게 말했다.

"전하가 말이지, 우리에게 마인과 싸우기 위한 대항책을 생각해오라고 했잖아."

"응."

"역시 우리의 특색은 이거 아닐까?"

"이거?"

"응…… 이거."

그렇게 말한 앨리스가 내민 것을 본 린은 숨을 죽였다.

"이, 이건……!"

경악으로 눈이 휘둥그레진 린을 보고서 앨리스는 진지한 표정으로 말했다.

"같이…… 해줄 거지?"

그 진지한 표정에 린도 진지한 표정으로 답했다.

"혼나지 않을까?"

"괘, 괜찮아! 이번엔 제대로 된 이유가 있으니까 혼나지 않을 거야!"

"그래? 그럼 괜찮지만."

"후후. 이걸로 엄청나게 파워 업한 우리를 보면 전하도 이해해줄 거야!"

그렇게 말하는 앨리스를 본 린은 일말의 불안을 느꼈지만, 확실히 유효할 것 같다고 생각해서 제안을 받아들이기로 했다.

◆

슈투름과의 결전을 위해 각자 대책을 고민하고 있을 때,

이미 비장의 수단을 실험한 나와 치료원에서 치유 마법 실력을 올리고 있는 시실리는 다른 아이들에 비해 비교적 여유가 있었다.

그래서 결전까지 며칠 남지 않은 어느 날, 나는 시실리에게 말을 걸었다.

"저기, 시실리."

"왜요?"

"오늘은 치료원에 가지 않는다고 했지?"

"네. 오늘은 쉬어요."

"그럼 말이지, 어디 나가지 않을래?"

"네?"

"슈투름과의 결전까지 며칠 남지 않았잖아. 물론 나는…… 우리는 절대로 이길 거지만, 절대라는 건 없잖아."

"그러……네요."

"그러니까 결전 전에 시실리하고 제대로 데이트해두고 싶어서……."

"신 군……."

"어때?"

"네! 좋아요!"

노력하고 있는 다른 사람들에게는 미안하지만 나는 시실리와 데이트하기로 했다.

하지만…… 왕도에서는 얼굴이 알려졌고, 클로드 쪽도 마찬가지다.

그렇다면 어디가 좋을까…….

"저기, 신 군. 가고 싶은 곳이 있는데 괜찮을까요?"

"응? 어디?"

"그게……."

어디로 나가면 좋을지 고민하고 있으니 어쩐 일인지 시실리가 먼저 제안했다.

그리고 우리는 시실리가 가고 싶다고 말한 곳에서 데이트하게 됐다.

"아, 그렇구나. 저번엔 함께 돌아보지 못했으니까."

"네. 마리아와 함께였던 것도 즐거웠지만 역시 신 군과 함께 거리를 산책하고 싶었어요."

그렇다. 우리가 온 곳은 지난번 각자 행동했던 프레겔이었다.

그때는 시실리가 나에게 줄 선물을 비밀로 하려고 각자 행동했었지.

"지난번에는 선물을 정하려는 목적이 있어서 천천히 돌아볼 수 없었던 데다 나 혼자였으니 기뻐."

"네. 저도 기뻐요!"

시실리는 그렇게 말하며 내 팔을 안았다.

이전이라면 여기서 얼굴이 붉어졌겠지만 나와 시실리는 이미 그런 단계를 지났다.

기쁜 듯이 팔짱을 낀 시실리를 보니 행복한 기분이 들었다.

"그럼 가볼까?"

"네!"

그렇게 나와 시실리는 우리를 아는 사람이 거의 없는 이곳을 마음껏 산책했다.

도중에 어째서인지 우리를 보고 도망치는 남자들이 있었지만, 그 이외에는 딱히 이상한 일은 일어나지 않아 즐겁게 시간을 보낼 수 있었다.

그리고 어느 정도 산책한 뒤 둘이서 공원 벤치에 앉았다.

그런 우리 근처에서 어린아이와 함께 놀아주는 부부의 모습이 있었다.

그것은 정말이지 즐겁고 행복한 광경이었다.

"저런 광경, 좋네요."

"어?"

그 가족을 보고서 시실리가 속삭였다.

"얼마 전에 치료원에 어머니를 감싸다 다친 아이가 온 일이 있었어요."

"응."

"치료는 무사히 끝났는데, 그 아이는 엄마가 좋아서 몸이 멋대로 움직였다고 하더라고요."

"흠. 착한 아이네, 그 아이."

"네. 그래서 저기……."

거기까지 말한 시실리가 갑자기 얼굴을 붉히며 말끝을 흐렸다.

"왜 그래?"

"저기…… 저도 그런 아이가 있었으면 좋겠다…… 싶어서……."

"아…… 그, 그렇구나."

"할머님도 빨리 증손주 얼굴을 보여 달라고 하셨고……."

"그, 그랬지……."

그렇게 말한 뒤 둘 사이는 침묵이 지배했다.

이, 이건…… 말해야 할 때겠지.

"……시실리."

"네……."

"나, 나도…… 할아버지, 할머니의 의견에 찬성이야."

"신 군……."

지금 이런 말을 하는 건 사망 플래그를 세우는 것 같지만…… 지금은 말해야 할 때잖아.

"이 결전이 끝나면…… 결혼식을 올리고…… 그 후에……."

시실리의 눈을 똑바로 바라보며 나는 어떤 말을 전했다.

그러자 시실리의 눈이 점점 젖어 들더니 나에게 와락 안겼다.

가슴에 매달려 고개를 끄덕여준 시실리를 나도 강하게 안아주었다.

이윽고 시실리가 살짝 몸을 떨어뜨리고 나를 올려다보았다.

그 눈은 뜨겁게 젖어 있었다.

그런 시실리의 얼굴과 내 얼굴의 거리가 자연스럽게 가까워지고…….

"오빠하고 언니, 뽀뽀할 거야?"

"""어?!"""

그 목소리에 나와 시실리는 후딱 떨어졌다.

목소리가 들린 쪽을 보니 아까까지 부모와 함께 놀고 있던 아이가 우리를 신기한 듯이 올려다보고 있었다.

"뽀뽀할 거야?"

"무, 무무무, 무슨 말일까?!"

"아, 아, 아빠 엄마는?!"

"저기."

아이가 가리킨 곳을 보니 부모가 다급히 이쪽으로 달려오는 모습이 보였다.

"죄, 죄송해요!"

"시, 실례했어요!"

부모가 다급히 데리고 갔지만 아이는 생글거리는 미소로 이쪽을 바라보며 바이바이 손을 흔들었다.

그 광경과 우리가 처한 상황을 돌이켜본 우리는 얼굴을 붉히며 웃음이 나오고 말았다.

"저 아이의 미소도 지켜줘야겠네요."

"그래. 그리고……."

나는 그렇게 말하고서 시실리의 어깨를 안았다.

"우리 아이의 미래도."

"……네."

사망 플래그 같아?

그런 건 뛰어 넘어 주겠어!

반드시 우리의 미래를 쟁취한다!

기다려라, 슈투름!

◆

신과 시실리가 남들 시선에도 아랑곳하지 않고 좋은 분위기를 즐기고 있을 때, 알스하이드 왕성에서는 어떤 인물이 아우구스트를 찾아왔다.

"어? 에리 언니, 무슨 일이세요?"

아우구스트를 찾아 두리번거리며 왕성 복도를 돌아다니는 엘리자베트에게 메이가 말을 걸었다.

"아, 마침 잘 됐어요. 아우구스트 님은 방에 안 계시나요?"

"잠깐 기다려주세요."

메이는 그렇게 말하며 색적 마법을 전개했다.

"음~? 아! 지금 갑자기 방에선 오라버니의 마력 반응이 나타났어요!"

"갑자기? 아, 또 게이트로 어딘가 다녀온 거군요?"

"그런 것 같아요. 그러니 오라버니는 지금 방에 계실 거예요."

“그래요, 고마워요, 메이.”

에리는 그렇게 말한 뒤 아우구스트의 방문에 노크했다.

“아우구스트 님, 엘리자베트입니다. 들어가도 될까요?”

『들어와.』

“실례할게요.”

엘리자베트는 그렇게 말한 뒤 아우구스트의 방으로 들어갔다.

안에는 외출용 옷에서 실내복으로 갈아입으려던 아우구스트가 있었다.

“왜 그래, 에리. 무슨 일로…….”

아우구스트가 거기까지 말했을 때, 엘리자베트가 아우구스트에게 안겼다.

평소 그런 행동을 하지 않는 엘리자베트에게 아우구스트도 놀라움을 감추지 못했다.

“이, 이봐. 갑자기 무슨 일이야?”

아우구스트가 그렇게 물어도 엘리자베트는 답하지 않았다.

그저 아우구스트의 가슴에 얼굴을 묻고서 꼭 안길 뿐이었다.

아우구스트는 이게 무슨 일인가 싶어 당황했지만, 이어진 엘리자베트의 말로 진장이 풀렸다.

“……이번 전쟁은 상당히 힘들죠?”

“그래. 상대는 마인이다. 그것도 상당한 실력자지.”

그 말을 들은 엘리자베트는 아우구스트를 더 힘껏 껴안았다.

"이봐. 정말로 대체 무슨 일이야?"

엘리자베트가 한 말의 의미를 알 수 없었던 아우구스트는 그렇게 물었다.

그러자 엘리자베트는 고개를 들고 아우구스트를 노려보며 외쳤다.

"무슨 일이라니요! 그렇게 힘겨운 전쟁에 나가시는데 아우구스트 님께선 어째서 그렇게 침착하신가요?!"

그렇게 소리친 엘리자베트의 몸이 떨리고 있었다.

"……어쩌면 이제 두 번 다시 만날 수 없게 될지도 모르는데…… 어째서 저와 함께 있어 주시지 않는 건가요……."

그 말에 아우구스트는 뒤늦게 깨달았다.

만에 하나 이번 전쟁에서 패배한다는 것은 아우구스트의 죽음을 의미한다.

엘리자베트는 그런 아우구스트의 죽음을 떠올리면 무척이나 두려웠다.

아우구스트는 아군에 신도 있어서 절대로 질 생각이 없었으니 엘리자베트와 만날 수 없게 될 가능성은 조금도 생각하지 않았다.

그러나 엘리자베트의 입장에서 아우구스트가 가려는 곳은 살아서 돌아온다는 보장이 없는 사지나 다름없었다.

이렇게 불안해하는 것도 당연했다.

그리고 아우구스트는 훈련으로 바쁘다며 엘리자베트와는 만나지 않고 한동안 내버려 두고 말았다.

그 사실을 깨달은 아우구스트는 소리친 뒤 눈물을 흘리며 매달리는 엘리자베트를 강하게 안아주었다.

"미안해, 에리. 나는 반드시 이길 생각이어서 에리의 마음을 알아채지 못했어. 용서해줘."

아우구스트는 그렇게 포옹하며 용서를 구했지만, 엘리자베트가 작은 목소리로 한 말이 귀에 맴돌았다.

잠시 당황한 표정을 하던 아우구스트는 이내 포기한 듯이 숨을 내쉬고 엘리자베트가 왔을 때 열어둔 문을 닫고서…… 문을 잠갔다.

그런 오빠와 약혼자의 모습을 복도 뒤에 숨어 몰래 지켜보던 메이는…….

"어, 어른의 정사에요오……."

이번엔 올바른 의미로 그 단어를 사용했다.

◆

구 제도.

지금은 마인들의 거점이 되어 인간들로부터 『마도』라 불리는, 마물과 마인이 대량으로 존재하는 도시.

그 중심에 있는 구 제도의 성에 마인들의 우두머리인 슈투름이 있었다.

마도와 그 주변에 있는 마인과 마물을 전부 만들어낸 슈투름은 상당히 기분 좋은 듯했다.

그 이유는…….

"드디어 내일이군요, 월포드 군 일행과 결전을 벌이는 날이."

앞서 마도 주변에서 일어난 슈투름 파벌의 마인과 인간들의 충돌.

그때 직접 제안했던 마인과 인간의 결전.

결전의 날이 내일로 다가왔다.

마인 측이 이기면 그대로 인간 세계로 진격해 인간계를 모조리 없앤다.

인간 측이 이기면 세계에 평화가 찾아온다.

그런 조건을 슈투름이 직접 제안해 억지로 약속을 받아냈다.

조건으로 말하자면 인간 측이 조금 더 유리했다.

그 이유는 인간 측은 설령 결전에서 진다고 해도 그 이후의 승산은 무척 낮지만 진 시점에서 전멸하는 것이 아니다.

그러나 마인 측이 진다는 것은 진 시점에서 마인들의 멸망을 의미한다.

존재 하나만으로도 굉장한 위협이 되는 마인을 인간 측이 가만히 내버려 둘 리가 없다.

아무리 개인의 전력 차이가 크다 해도 병력의 수는 인간 쪽이 압도적으로 많다.

그런 불리한 전쟁을 제안했으면서도 슈투름은 어딘가 즐거워 보였다.

부하 마인들 중에는 전쟁에서 불리한 전쟁의 조건을 스스로 제안하면서도 어째서인지 기분이 좋아 보이는 슈투름을 이해할 수 없는 자도 있었지만, 슈투름은 자신들을 이끄는 사람이자 은인이기에 그의 결정에 따라야 한다며 딱히 의문을 제기하는 자는 없었다.

슈투름의 첫 번째 측근인 제스트도 마찬가지였다.

그의 행동 원리는 모두 슈투름을 위해서.

그의 이익을 위해서 지금까지 다방면으로 움직였다.

그런 제스트도 신경 쓰이는 점이 생겼다.

내일 작전에 관해서가 아니다.

"슈투름 님, 잠깐 괜찮으십니까?"

"뭔가요? 제스트 군. 내일 전투에 대해서 뭔가 즐거운 작전이라도?"

"아니요…… 그쪽은 전부 슈투름 님께 맡기고 있습니다. 저희는 전부 슈투름 님이 원하시는 대로 움직일 뿐입니다."

"그런가요. 그럼 무슨 일입니까?"

"네. 그게……."

"음?"

"……밀리아 씨를 어떻게 하실 생각이십니까?"

밀리아.

슈투름이 제국을 본격적으로 공격해 없애기 전부터 슈투름을 따르던 여성.

신과 처음 만나 큰 부상을 입은 슈투름을 헌신적으로 간호했으며 슈투름의 손으로 마인이 된 이후에는 제국을 없애기 위해 전력을 다했던 충신이다.

그 후 밀리아는 마인의 존망을 건 실험을 몸소 실행했고, 그 결과…….

실패했다.

그 이후 밀리아가 다른 사람들 앞에 나서는 일은 없었다.

슈투름에게 특별한 감정을 품고 있었기에 실험의 실패에 책임을 느끼고 방에서 나오지 않고 있기 때문이다.

초기부터 슈투름을 따르던 동지인 밀리아를 걱정한 제스트는 밀리아를 어떻게 해야 할지 물었다.

그리고 그 질문에 대한 슈투름의 대답은 간결했다.

"마음대로 하게 놔두면 되지 않을까요?"

"네?"

"전쟁에 나가든 나가지 않든 결정하는 것은 밀리아 씨의 자유입니다. 딱히 강제하지 않아요."

"……그러시군요."

듣기에 따라서는 실험에 실패해 낙담해있는 밀리아를 배려하는 것처럼 들리기도 했지만 제스트는 슈투름의 마음을 정확하게 읽었다.

'역시…… 슈투름 님은 밀리아 씨에게 아무런 감정도 품지 않으셨군.'

자신들 같은 인공적인 마인과는 다르게 스스로 마인에 이른 슈투름에게 인간적인 감정이 결여됐다는 것은 충분히 이해하고 있다.

부하를 함부로 대한다 해도 어쩔 수 없는 일이다.

그래도 제스트는 슈투름을 믿지 않은 적이 없었다.

'불쌍하군…….'

그저 밀리아를 동정할 뿐.

"후후후, 자, 월포드 군. 이번엔 어떤 마법으로 절 놀라게 해줄 건가요?"

즐거운 듯이 그렇게 말하는 슈투름은 기대하는 행사를 앞둔 어린아이 같기도, 모든 것을 포기하고 세상을 등진 사람 같기도 했다.

◆

알스하이드 왕성.

내일로 다가온 마인과의 결전을 두고 디세움은 아들인 아우구스트와 부모 자식 간의 대화를 나눴다.

"드디어 내일인가…… 대책은 어떻게 됐나? 아우구스트."

"제가 할 수 있는 일은 모두 했습니다. 이제는 얼티밋 매지션즈의 각 멤버가 어떤 대책을 짜왔을지입니다만…… 저는 딱히 걱정하지 않습니다."

그렇게 단언하는 아우구스트를 보고서 디세움은 웃음이 흘러나왔다.

"네가 그렇게까지 단언하다니……. 역시 신 군과 만나 제일 많이 변한 건 너로구나, 아우구스트."

"……그런가요?"

"그럼. 원래는 세상 물정 모르는 신 군에게 세상의 상식을 알려주기 위해 고등 마법 학원으로 진학할 것을 제안했다만, 그건 생각지도 못한 수확이었어."

디세움은 그렇게 말하며 즐겁게 웃었지만, 그 이야기를 들은 아우구스트는 살짝 당황스러운 듯이 부끄러워하는 태도를 보였다.

자신도 신과 만난 이후로 사람들을 대하는 태도가 달라졌다는 것을 알고 있었다.

그러나 그것을 친부모에게 들키면 부끄러울 수밖에 없다.

지적당한 내용은 자각하고 있지만 직접 말로 들으니 부끄러워서 참을 수 없어 미묘한 표정을 하고 말았다.

아우구스트는 어떻게든 화제를 바꾸려 했고, 그 결과 화제 전환에 딱 어울리는 인물을 떠올렸다.

"신이 뭔가 비장의 수단을 생각하고 있는 듯합니다."

그 말을 듣자 아우구스트에게 따뜻한 미소를 보내던 디세움의 얼굴이 순식간에 얼어붙었다.

비장의 수단.

지금도 충분히 비상식적인 수준이다.

신이 마련한 비장의 수단.

경직이 풀린 디세움은 진정하기 위해 테이블 위에 있던 홍차를 마셨다.

손이 떨려 달그락 소리가 울렸다.

그리고 홍차를 단번에 마신 디세움은 아우구스트에게 물었다.

“시, 신 군이 비장의 수단을 생각하고 있다고?”

“네. 클로드의 이야기로는…….”

거기서 말을 끊은 아우구스트.

숨을 죽이는 디세움.

그리고…….

“나라 하나가 사라질지도 모를 정도라고 합니다.”

그 순간 디세움의 주위로 정적이 흘렀다.

한동안 경직된 후 디세움은 다시 한번 물었다.

“응? 내가 잘못 들었나? 도시가 아니라 나라라고 들은 것 같은데…….”

“잘못 들으신 게 아닙니다, 아바마마. 나라, 라고 말씀드렸습니다.”

그런 아우구스트의 말에 디세움은 이마에 손을 얹고 깊

은 한숨을 내쉬었다.

"정말로…… 신 군에게 야심이 없어 정말로 다행이야……."

절절히 그렇게 말하는 디세움에게 아우구스트가 답했다.

"뭐, 신이라면 앞으로도 괜찮을 겁니다."

앞으로도.

다시 말해 아우구스트는 다음에도 인류의 역사가 이어질 것이라고 확신하고 있다는 뜻이다.

그 말을 들은 디세움은 다시 미소를 떠올리며 홍차를 마셨다.

"그래. 앞으로도…… 말이지."

"네. 앞으로도, 입니다."

알스하이드 왕과 왕태자는 이미 결전 후의 세계를 바라보고 있었다.

〈계속〉

■작가 후기

『현자의 손자』 10권을 구입해주셔서 진심으로 감사합니다.

외전이나 스핀오프까지 포함하면 열세 권 째 출판이 됩니다.

솔직히 1권을 책으로 냈을 때는 이렇게 이어나갈 수 있을 줄은 꿈에도 몰랐습니다.

게다가 책으로 내는 것만이 아니라 만화와 애니메이션화까지 실현될 줄은…….

정말로 저는 좋은 분들을 만났다는 것을 실감하고 있습니다.

만화를 담당해주신 오가타 선생님은 이 작품을 정말로 잘 이해해주셔서 오리지널 이야기를 끼워 넣었을 때도 저와 거의 같은 해석으로 이야기를 더 즐겁게 만들어주셨습니다.

정말로 감사합니다.

외전의 만화를 담당해주신 시미즈 선생님은 이번이 첫 연재라고 하셨지만 오가타 선생님과는 다른 감각의 만화를 그려주셨습니다.

여러모로 다양한 작품을 만들어주고 계십니다.

애니메이션을 담당해주신 타무라 감독님은 남자는 더 멋지게, 여자는 더 귀엽게 그리기 위해 신경 써주셨다고 말씀하셨습니다.

그리고 소설이나 만화와는 다른 느낌의 코미디 요소를 넣자며 많은 제안을 해주셨습니다.

솔직히 둘이서 장난이 지나쳐서 프로듀서님께 혼난 적도…….

이번에 처음으로 남자들로만 표지를 그려주신 키쿠치 선생님.

키쿠치 선생님께서 그리는 여자아이는 무척이나 귀엽습니다만 남자도 정말 멋집니다.

개인적으로는 선생님께서 그리시는 중년 남성을 좋아합니다만 그것을 제안했다간 바로 기각될 거라서…….

그리고 만화와 애니메니션으로 만들어지기까지 애써주신 담당 편집자 S님.

담당해주신 분들과 편집부, KADOKAWA의 도움이 없었더라면 여기까지 올 수 없었을 겁니다.

당연히 이 책과 만화를 구입해주신 독자님, 애니메이션을 시청해주신 시청자님, 모든 분들께 감사를 전하고 싶습니다.

정말로 감사합니다.

저로서는 『현자의 손자』를 더 이어나가고 싶으니 다음 권도 구입해주시면 기쁘겠습니다.

그럼 앞으로도 잘 부탁드립니다.

2019년 6월 요시오카 츠요시

라이트노벨 표지에서
남자 둘뿐인 것은
처음이었습니다…… 지정받았거든요.
괜찮았던 걸까요? (;´Д`)

■ 역자 후기

안녕하세요. 역자 김덕진입니다.
9권에 이어 10권으로 인사드리게 되어 영광입니다.

이번 10권은 최종 결전을 앞둔 전사들의 휴일 같은 느낌이었네요. 덕분에 다양한 인물들의 평소 모습을 볼 수 있어서 즐거웠습니다. 무엇보다 할머니가 활약하시는 모습이 좋았네요! 다음에는 할아버지의 더 큰 활약이 나오기를 기대합니다.

그리고 마인과의 결전이 끝나고 또 다른 갈등이 발생하는 것을 암시하는 인물들도 등장했군요. 정말이지 앞으로의 전개가 기대됩니다.

이렇게 이번 10권이 마무리되었습니다. 작업에 많은 도움을 주신 편집자님과 L노벨 관계자 여러분, 이 책을 읽어주신 모든 독자님께 감사 인사 전합니다.

그럼 11권으로 다시 찾아뵙겠습니다. 감사합니다.

현자의 손자 10
불요불굴의 마왕님

초판 1쇄 발행 2022년 2월 10일

지은이_ Tsuyoshi Yoshioka
일러스트_ Seiji Kikuchi
옮긴이_ 김덕진

발행인_ 신현호
편집장_ 김승신
편집진행_ 권세라 · 최혁수 · 김경민 · 최정민
편집디자인_ 양우연
관리 · 영업_ 김민원

펴낸곳_ (주)디앤씨미디어
등록_ 2002년 4월 25일 제20-260호
주소_ 서울시 구로구 디지털로 26길 111 JnK디지털타워 503호
전화_ 02-333-2513(대표)
팩시밀리_ 02-333-2514
이메일_ lnovellove@naver.com
L노벨 공식 카페_ http://cafe.naver.com/lnovel11

ISBN 979-11-278-6337-1 04830
ISBN 979-11-278-3969-7 (세트)

값 7,800원